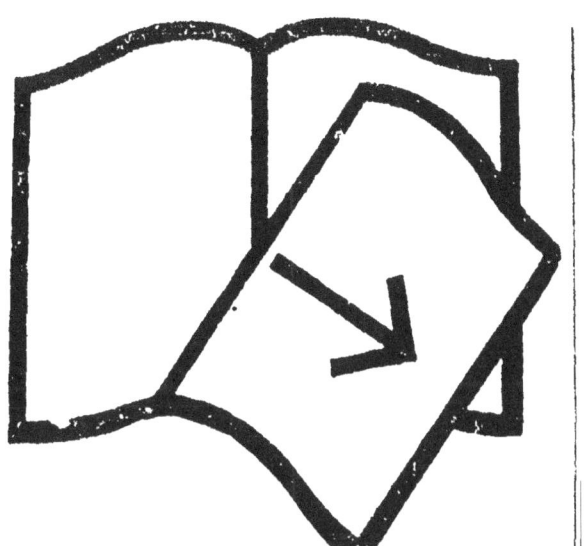

Couvertures supérieure et inférieure
manquantes

BIGARREAU

ANDRÉ THEURIET

BIGARREAU

La Pamplina — Marie-Ange
L'Oreille d'Ours — La Saint-Nicolas

PARIS

ALPHONSE LEMERRE, ÉDITEUR

27-31 PASSAGE CHOISEUL 27-31

M DCCC LXXXVI

BIGARREAU

A MADAME CHARLES BULOZ

BIGARREAU

I

'ÉTAIT à l'époque où l'on construisait la maison centrale. L'administration des prisons ayant résolu de dédoubler le personnel de celle de Cl..., en transportant les femmes qui y étaient détenues dans une autre localité, un inspecteur général avait déclaré que les bâtiments de l'ancienne abbaye d'Auberive répondraient merveilleusement aux vues du ministre. En conséquence, l'État avait acquis le

vieux domaine des Cisterciens, et on était en
train de l'approprier à sa nouvelle destination,
au grand désespoir des habitants du bourg, qui
se souciaient peu d'avoir une maison de force et
de correction dans leur voisinage. Le directeur
de Cl..., impatient d'être débarrassé de ses
détenues, pressait les travaux avec une activité
fiévreuse ; et, comme son établissement n'était
séparé d'Auberive que par une huitaine de lieues,
il passait la moitié de son temps sur le chantier
des constructions commencées, examinant les
gros murs, harcelant l'architecte, bousculant les
entrepreneurs et faisant endiabler les ouvriers.
— Le directeur était un homme solide et trapu ;
sa figure de négrier, haute en couleur, trouée de
petite vérole, surmontée d'une calotte de cheveux crépus, poivre et sel, était éclairée par
deux yeux gris, fureteurs, froids comme l'acier
et singulièrement énergiques. Jusqu'à ce que les
bâtiments fussent en état de recevoir les femmes,
il avait décidé qu'on y transvaserait une cinquantaine de jeunes détenus, afin de les employer à
des travaux de terrassements, et il les attendait
le soir même.

Tout en se promenant sur la route qui domine

la vallée de l'Aube, il expliquait les avantages
de cette combinaison à M. Yvert, le garde général des forêts, avec lequel il prenait ses repas
à l'unique auberge d'Auberive.

— Ils vont arriver, disait-il avec un naïf
orgueil professionnel ; avant un quart d'heure ils
seront ici... Ils viennent de Cl... à pied, sous
l'escorte de leurs gardiens, et vous verrez comme
les gaillards manœuvrent au doigt et à l'œil !...
Ils sont charmants... et heureux !

Un sourire aimable entr'ouvrait ses lèvres
minces et coupées par une balafre, tandis qu'il
fouettait les chardons du revers de son rotin à
pomme d'ivoire.

Peu de temps après, dans la direction du village de Bay, la route poudroya au soleil couchant. Le directeur se fit un abat-jour de sa large
main, aux doigts carrés et noueux, puis s'écria,
triomphant :

— Les voici !

Il ne se trompait pas. On les aperçut bientôt,
émergeant d'un nuage de poussière. Ils mar-
chaient quatre par quatre, les aînés en tête, les
petits à la queue, et les gardiens en serre-files.
Entre les buissons verdoyants de la route, cette

procession se détachait nettement aux rayons
obliques du soleil, et se rapprochait sensible-
ment des murs de l'ancienne abbaye. Quand ils
furent à portée de la voix, sur un signal du
gardien-chef, ils entonnèrent une chanson où il
était question des joies du travail et des beautés
de la nature. Sanglés dans leur veste d'uniforme,
la casquette coiffant jusqu'aux oreilles leur tête
rasée, ils soulevaient en cadence leurs pieds poudreux et défilaient militairement devant le directeur et son compagnon. Tous tenaient respec-
tueusement les yeux baissés et braillaient presque
automatiquement leur vertueuse complainte :

> Le soleil luit, l'herbe est fleurie.
> Partons, mes amis, ô gué !
> Vite au travail dans la prairie !
> Celui qui travaille et qui prie
> A le corps sain et le cœur gai.

Au premier aspect, toutes ces figures enfantines
semblaient moulées d'après un type unique :
mêmes regards humblement sournois de chiens
battus, même bouffissure jaune, mêmes gestes
mécaniques, même jovialité de commande.

— N'est-ce pas qu'ils sont gentils ? s'exclamait
le directeur en frappant le sol du bout de son

rotin ; ils ont leurs huit lieues dans les jambes...
Hé! hé! il n'y paraît pas... Les voilà dispos,
frais comme des roses et gais comme des pinsons !

Dispos, c'était possible, bien que quelques-
uns marchassent péniblement. Quant à leur
gaîté, le garde Yvert sut bientôt à quoi s'en
tenir. Tandis que le directeur causait avec le
gardien-chef, l'un des jeunes détenus resta en
arrière et s'arrêta comme pour dévisager le forestier. Son visage, semé de taches de rousseur,
exprima une sorte d'effarement joyeux, et ses
yeux bleus s'illuminèrent un moment...

— Numéro vingt-quatre! cria rudement le
gardien-chef, qu'avez-vous à rester là comme un
clampin?... Allons, dans le rang, et plus vite
que ça!

Les traits du jeune drôle se rembrunirent, et
Yvert, qui le contemplait bien en face, fut
effrayé de l'expression farouche, veillotte et
hypocritement soumise que prit soudain cette
hâve figure d'adolescent.

Toujours chantant, la colonne pénétra dans la
cour de l'abbaye et les grilles de fer de la grande
porte se refermèrent brutalement sur le troupeau

1.

des jeunes détenus; — mais le souvenir de ce
masque blafard et mobile, entrevu un moment
pendant le défilé, resta gravé dans le cerveau
du garde général.

Le soir, quand il rentra dans sa chambre, il
y repensa involontairement. Il lui semblait avoir
rencontré quelque part une tête ayant certaines
ressemblances avec celle du numéro vingt-quatre;
mais c'était si vague, si lointain, qu'il ne put
mettre un nom sur cette figure. La chose avait
peu d'importance, et le lendemain il l'oublia.

A quelques jours de là, comme il déjeunait
seul, son hôtesse, qui était passablement loquace,
lui dit en le servant :

— A propos, monsieur Yvert, vous avez vu
les enfants qui travaillent à la prison?

— Oui ; eh bien ?

— Eh bien! il y en a un qui est de votre pays
et qui vous a reconnu en passant.

Yvert se rappela de nouveau les yeux bleus
écarquillés et la figure effarée du numéro vingt-
quatre. Assurément ce devait être celui-là Mais
il eut beau fouiller dans sa mémoire, il ne put
retrouver une indication précise au sujet de cet
enfant de son pays qui était venu échouer à la

maison de correction. L'aventure ne laissait pas de l'intriguer néanmoins, et il exprima le désir de voir de près son jeune et précoce compatriote. La chose était facile, l'hôtesse avait fait la conquête du gardien-chef et elle promit à Yvert que, grâce à l'entremise de ce dernier, elle lui amènerait demain le détenu en question.

Le soir, au dîner, le directeur de la maison centrale arriva, enchanté de la bonne tenue de « ses enfants. » Il ne tarissait pas sur ce sujet.

— Ils sont charmants, répétait-il, et cependant, monsieur, nous avons là le rebut de la société. Il y a parmi eux des meurtriers et des incendiaires, qui sont devenus doux et dociles comme des moutons. Et voilà le résultat de notre discipline physique et morale!... Avec ces créatures perverses, nous faisons des travailleurs utiles, comme on fabrique de bon drap fin avec d'ignobles déchets. La solution de la question sociale est là, monsieur!... Et aussi peut-être la solution de la question économique... Mes gaillards coûtent à l'État cinquante centimes par jour et par tête, et ils remuent la terre comme des manœuvres que nous serions obligés de payer trois francs... Réduction du coût de la main-d'œuvre et moralisation de l'espèce, voilà le véritable progrès humanitaire !

Le garde général avait la langue levée pour demander quelques renseignements au sujet du numéro vingt-quatre ; mais, malgré ses théories humanitaires, le directeur aux yeux durs et à la lèvre balafrée lui inspirait une confiance médiocre. Craignant d'attirer sur son mystérieux compatriote l'attention de ce terrible apôtre du progrès par la discipline et le travail à prix réduit, il résolut d'attendre et de juger par lui-même.

Le lendemain, la ponctuelle hôtesse introduisait dans la chambre d'Yvert un garçon d'une quinzaine d'années avec lequel elle le laissait en tête-à-tête. C'était bien le numéro vingt-quatre. Pâlot et gras, serré dans son uniforme de travail, il se tenait la casquette à la main devant le forestier. Sa tête, aux cheveux blonds coupés ras, avait l'air d'une boule ; ses yeux bleus rusés s'abaissaient et se levaient alternativement, comme si leur propriétaire avait voulu étudier et tâter son interlocuteur avant de se livrer.

— Vous ne me reconnaissez pas, m'sieu? demanda-t-il enfin d'une voix à la fois timide et

gouailleuse; je vous ai pourtant fait plus d'une
commission, dans le temps que vous étiez à
Villotte!

Pour le coup, les souvenirs du garde général
se réveillèrent.

— Bigarreau! s'écria-t-il.

Il se rappelait maintenant ce gamin de huit
ans aux cheveux embroussaillés, couleur de
paille, qui vagabondait dans les rues de sa
petite ville, vêtu d'une mauvaise chemise et d'un
pantalon en loques, et qui se drapait dans ses
guenilles avec une insouciance et une drôlerie si
amusantes. Ses joues rebondies et rosées, ses
lèvres couleur de cerise lui avaient valu ce nom
de « Bigarreau » dont l'avaient baptisé les gens
du cru. Né d'un père inconnu et d'une pau-
vresse qui le laissait à l'abandon, il vivait sur le
domaine public et exerçait pour vivre cent métiers industrieux, dont le plus honorable consis-
tait à porter les billets doux des jeunes gens aux
grisettes du faubourg. L'été, dans la saison des
bains, il gardait les vêtements des baigneurs,
assis à l'ombre, sur la berge de la rivière, fumant
des cigarettes et riant aux éclats lorsqu'un na-
geur novice lâchait son paquet de joncs et

« buvait un coup. » L'hiver, il se réfugiait dans
la baraque du marchand de marrons ; il fendait
le menu bois, entretenait un feu clair sous la
poêle trouée, et attrapait de ci et de là quelques
châtaignes rissolées, qui lui réchauffaient les
doigts d'abord, et ensuite calmaient les impé-
rieuses exigences de son estomac creux. — Tous
ces détails revenaient maintenant à la mémoire
d'Yvert avec une grande netteté. Il examinait ce
visage bouffi d'où les couleurs roses avaient dis·
paru et où le séjour de la prison avait déjà mar·
qué dans le tour des yeux, ainsi qu'au coin des
lèvres, les signes d'une dépravation précoce. Il
se demandait si, en chargeant jadis ce gamin de
huit ans de porter des lettres d'amour aux petites ouvrières de Villotte, et en entretenant ses
habitudes de vagabondage, il ne l'avait pas, tout
le premier, poussé dans la voie qui aboutit à la
maison centrale... Il se sentait à demi respon-
sable de cette corruption, et, pris d'un mouvement de pitié, il regardait presque affectueusement le jeune drôle qui se dandinait, en
tournant sournoisement sa casquette dans ses
doigts.

— Comment, c'est toi, Bigarreau? répéta-t-il.

— Oui, c'est moi! répondit le détenu, tandis que sa figure s'éclairait d'un sourire et que ses yeux s'enhardissaient.

— Mon pauvre gars, tu t'es donc fait mettre en prison?

— Ah! voilà, repartit Bigarreau sans le moindre embarras, j'ai pas eu de chance!... Vous savez qu'en été je gardais les effets des gens qui se baignaient à La Brèche?... Un jour, en secouant un pantalon, j'ai fait tomber un écu de cinq francs... Jamais je n'avais vu tant d'argent, ça me brûlait les doigts. . La tête m'a tourné, j'ai pris la pièce et je me suis sauvé... Vrai, je ne l'ai pas eue plutôt en poche que j'ai voulu rebrousser chemin pour aller la remettre dans le pantalon... Malheureusement, j'avais été vu, on m'a empoigné et v'lan, au *clou*, puis devant le tribunal, où les juges m'ont condamné à rester en cage jusqu'à mes vingt et un ans... C'est ce qui s'appelle ne pas avoir de chance, n'est-ce pas, m'sieu?

Il débitait cela d'une voix déjà rauque, avec un mélange d'indifférence et d'effronterie. Yvert lui demanda comment il se trouvait du régime tant vanté par le directeur. Alors sa lèvre infé-

rieure s'allongea, sa figure s'assombrit et il fit
grimace significative.

— Malheur! ça n'est pas drôle, allez!... On
nous a fait venir de Cl... à pied, avec une soupe
dans le ventre, et depuis que nous sommes arrivés, nous travaillons à des terrassements près du
bois, là où sera le cimetière de la prison Dix
heures à remuer la terre en plein soleil! Avec
ça, mal nourris: des *fayots* (haricots) à tous les
repas, et des *patoches* en guise de dessert. Les
gardiens tapent comme des sourds!... Ah!
m'sieu, où est le temps où je flânais le long de
la rivière de chez nous, en regardant les arai-
gnées d'eau qui se tiraient des pattes dans le
courant?... Moi aussi, je voudrais bien *me tirer
des pattes!*... Mais M. le directeur n'entend pas
ça; il ne veut pas qu'il soit dit qu'on s'ennuie
dans sa boîte... « Tous frais comme des roses et
gais comme des pinsons. » Il veut qu'on chante
pour faire croire aux gens qu'on est heureux
comme des coqs en pâte. Quelle farce! Et
penser que j'en ai encore pour cinq ans!... Mais
voyez-vous, m'sieu, j'ai pas envie d'achever mon
bail.

Son œil s'allumait, il clignait les paupières

d'un air mystérieux. Il termina sa harangue en sollicitant de son compatriote quelques sous « pour son tabac. »

Yvert lui donna une pièce blanche, en assaisonnant son cadeau d'un grain de morale. Bigarreau glissa la pièce dans la doublure de sa casquette, écouta le sermon avec un sourire ironique, et, sous le prétexte que l'heure de la rentrée au chantier allait sonner, il tira sa révérence au garde général.

II

E nouveau cimetière des femmes devait occuper tout un terrain en friche avoisinant la lisière des bois de Montgérand. De l'endroit où les jeunes détenus creusaient les fossés des fondations, on dominait la vallée de l'Aube. On voyait, comme au fond d'une combe, la petite église, les deux rues du village adossé à un cirque de forêts montueuses, les toits d'ardoise de l'ancienne abbaye émergeant d'un fouillis de sapins, puis l'Aube sinueuse, argentée, frétillant au soleil entre des prés en fleurs, dans la direction de Bay, où un nouvel horizon de collines et de forêts arrêtait le regard. La lumière se jouait sur ces prés épanouis, sur cette eau courante, sur ces moutonnements lointains de feuillées bleuâtres. Des

alouettes gazouillaient en plein ciel, des bouil-
lonnements d'écluse, des chants de coqs et des
voix d'enfants montaient du village. C'était un
gai spectacle que celui de la vallée baignée dans
l'ensoleillement de cette matinée d'été; mais les
jeunes terrassiers de la friche de Montgérand
n'en jouissaient guère.

Sous l'œil d'argus du gardien-chef Seurrot,
ils remuaient la terre et on ne leur laissait pas le
loisir de bayer aux mouches. Les aînés ma-
niaient la pioche, les plus petits se mettaient à
deux pour pousser la brouette. Les dos couverts
de grosse toile et les têtes coiffées de chapeaux
de paille, sans cesse en mouvement, semaient
sur le sol grisâtre et pierréux un fourmillement
de taches blanches. Quand les gamins se relevaient pour s'essuyer le front, le lumineux aspect
de la vallée verdoyante, loin de produire un
effet de calme et de réconfort, éveillait dans ces
poitrines d'enfant une sourde irritation. Cette
invitation à la joie, éparse dans l'air, avait pour
eux quelque chose d'ironique et de cruel. Le
libre essor des alouettes, les courses vagabondes
des hirondelles au ras de la rivière, leur rappe-
laient presque amèrement le travail forcé, les

bourrades des gardiens, les verrous de la prison,
et leur insufflaient des désirs de révolte et d'école
buissonnière.

Parmi les moins disciplinés et les plus impa-
tients du joug se trouvait notre ami Bigarreau.

La veille, au sortir du logis du garde général,
il s'était empressé d'employer une partie de son
argent à acheter un paquet de cigarettes et une
boîte d'allumettes. Ses nouvelles acquisitions
étaient cachées dans les poches de son pantalon,
et, depuis le matin, il les tâtait de temps à
autre, avec une paternelle sollicitude, en se pro-
mettant « d'en griller une, » dès que Seurrot
aurait le dos tourné.

La tâche de la journée était coupée par un
repos d'une demi-heure, et à ce moment-là le
gardien se relâchait un peu de sa surveillance
méticuleuse. Seurrot avait le cœur tendre, et les
yeux luisants de l'hôtesse du *Lion d'Or* l'atti-
raient invinciblement vers le verger de l'auberge,
situé en contre bas du chantier. Bigarreau avait
tablé là-dessus. Dès que le gardien chef eut
pris le chemin du verger, le numéro vingt-quatre
se glissa, avec des ondulations de couleuvre,
dans les genévriers du talus, gagna le taillis et,

choisissant de l'œil parmi les arbres de bordure
un alisier au fût élancé et à la cime feuillue, il y
grimpa en deux temps, comme un écureuil.

Perché à chevauchons à la fourche des hautes
branches, dissimulé au plus épais de la feuillée,
il tira alors ses cigarettes, en alluma une et
savoura lentement les délices du fruit défendu.
On était bien, là-haut, dans la verdure et la
fraîcheur! On apercevait entre les branches les
toitures du village, les miroitements de l'Aube
dans la prairie, puis, sur les deux versants de la
vallée, les frissons des champs de seigle et
d'avoine, alternant avec les bigarrures des sain-
foins et des trèfles incarnats. Les merles sifflaient
dans le taillis, les fauvettes des roseaux bavar-
daient dans les saules de la rivière, et un vent
frais vous berçait comme dans un hamac. On y
était si bien, que Bigarreau s'y oublia. Quand
Seurrot revint en mâchonnant une rose entre ses
dents et qu'il passa en revue sa petite troupe, il
s'aperçut du premier coup que l'un des détenus
manquait à l'appel.

— Où est le numéro vingt-quatre? s'écria-
t-il.

Les gamins échangèrent un regard sournois

et se bornèrent à répondre par un haussement
d'épaules.

La gardien-chef crut d'abord à une évasion
et il en devint pâle. Ses regards inquiets fouil-
laient l'épaisseur du taillis; tout à coup, ils dis-
tinguèrent à la cime d'un baliveau les légères
spirales d'une fumée bleuâtre. Cela n'était pas
naturel, et le délinquant devait s'être gîté là-
haut. Seurrot bondit sur le talus; en un clin-
d'œil il fut au pied de l'alisier et il n'eut pas
grand'peine à y découvrir les jambes pendantes
de Bigarreau.

— Ah! gredin, s'exclama-t-il, tu te donnes
de l'air et tu fumes, encore!... ce qui est con-
traire au règlement. Vas-tu descendre, garnement?

Bigarreau était pincé, mais il avait l'avantage
de la position, et il essaya d'en abuser.

— Je veux bien, répondit-il, mais auparavant
vous me promettrez de ne pas me punir.

— Tu me poses des conditions, je crois? répondit Seurrot furieux. Descends de bon gré,
ou ça va se gâter.

— Je reste alors! repartit l'entêté Bigarreau.
L'alisier était très mince et très élevé de fût;

le gardien-chef ne possédait aucune des apti-
tudes d'un grimpeur, et il avait beau secouer
l'arbre violemment, le délinquant ne bougeait
pas.

— Ah! tu résistes à l'autorité, chenapan!
Holà! vous autres, qu'on m'apporte une hachette, et vivement!

A cette injonction lancée d'une voix toni-
truante, deux détenus avaient obéi. Seurrot saisit
rageusement la hachette qu'on lui présentait, et
sans se soucier de commettre un délit forestier,
il attaqua l'alisier au collet de la racine. Aux
premiers coups qu'il porta, l'arbre frémit de la
base à la cime, mais Bigarreau resta impassible.
Les coups de hache se succédaient, l'écorce et
l'aubier volaient en éclats, la sueur perlait sur le
front du gardien. Les deux jeunes détenus que
ce spectacle amusait prodigieusement, suivaient
avec intérêt les progrès de l'entaille pratiquée
dans le tronc du baliveau. On entendit un
brusque craquement, et cette fois Bigarreau, ré-
fléchissant que de deux maux il était sage d'éviter le pire, se laissa couler entre les branches,
puis tomba comme un paquet sur le sol heureusement feutré d'une mousse moelleuse.

— Vermine! je t'apprendrai à me narguer!
hurla Scurrot en l'empoignant par le bras. — Il
avait été sergent de ville, et ses doigts serraient
comme des pinces. — En même temps, de
l'autre main, il administrait des bourrades dans
les reins de Bigarreau et le poussait vers le
chantier.

— Ah! tu fumes en contrebande! continuait
le gardien, en ponctuant chaque mot d'une
taloche. — Il fouilla les poches du détenu et
éparpilla les cigarettes dans les déblais. — Où
as-tu volé de l'argent pour acheter ça?

— On m'en a donné! protesta Bigarreau.

— Silence!... A la pioche, graine de galé-
rien!... Nous éclaircirons la chose demain, au
rapport, quand M. le directeur reviendra... Et
il t'enverra pourrir au cachot... En attendant,
ce soir, tu souperas avec du pain sec!

L'après-midi se passa tristement pour Bigarreau. Quand, à neuf heures du soir, il put
s'étendre dans son hamac, le ventre vide et les
doigts meurtris de *patoches*, il se mit à réfléchir
amèrement sur les misères de la journée et sur
les éventualités du lendemain. Tout n'était pas
fini. Le directeur devait arriver dans la matinée,

et il était plus impitoyable que les gardiens.
Bigarreau connaissait par expérience la façon
dont ce terrible chef de service punissait les
moindres infractions à la discipline...

— Non, songeait-il en se recroquevillant dans
son hamac, j'en ai assez et je n'attendrai pas
son retour !

Des idées d'évasion lui bourdonnaient de nou-
veau.dans la tête. Le dortoir improvisé pour les
détenus était mal clos ; les gardiens avaient le
sommeil dur ; vers la mi-nuit, on pouvait peut-
être s'échapper, escalader un mur et gagner les
bois?... Dans tous les cas, c'était une aventure
à tenter... — La nuit était tout à fait venue ; il
entendit l'un des gardiens faire sa ronde, puis se
déshabiller et se jeter lourdement sur sa cou-
chette. Bientôt des ronflements emplirent la
sonorité du dortoir. — Agile comme un chat,
Bigarreau quitta son hamac, enfila son pantalon
et sa veste et suspendit à son cou ses sabots rattachés par une ficelle ; puis, pieds nus, retenant
son souffle, il se glissa jusqu'à une croisée qu'on
avait laissée ouverte pour aérer la salle, située au
premier étage. Une fois grimpé sur la console
de la fenêtre, le gamin pencha sa tête au dehors.

2

Au-dessous, dans l'obscure clarté de la nuit de juin, il distingua des carrés de légumes. Le terrain, fraîchement arrosé, devait être mou. Bigarreau, les mains accrochées au rebord de la console, risqua la descente et alla tomber sur des têtes de choux qui amortirent sa chute. Il se releva, se tâta, prêta l'oreille ; — pas un bruit, sauf le clair frémissement de l'Aube coulant à travers le jardin. — Alors il longea la rivière jusqu'à la baie cintrée par où elle sortait du parc ; puis entrant bravement dans l'eau, qui ne lui montait que jusqu'aux genoux, il suivit le fil du courant et gagna avec lui la pleine campagne.

III

N ce temps-là le courrier qui conduisait les dépêches à Châtillon-sur-Seine
partait d'Auberive à trois heures du
matin. Au moment où le lourd *briska*, traîné par
deux chevaux, tournait l'angle de l'ancienne
forge pour s'engager sur la route montante qui
mène à Recey-sur-Ource, un garçon portant ses
sabots en sautoir grimpa à la volée sur la bâche
et, s'accrochant aux cordes qui retenaient les
bagages, s'assit à l'arrière, les jambes pendantes.
Le bruit des roues et le trot des chevaux empê-
chèrent le conducteur à demi ensommeillé de
s'apercevoir de la présence de ce voyageur inattendu et subreptice. Le briska continua de rouler
dans un nuage de poussière jusqu'au sommet de
la côte; il traversa rapidement le petit village de

Germaine encore silencieux et endormi, puis il remonta avec lenteur la rampe des bois de Colmiers.

Il était quatre heures, et le soleil se levait derrière la forêt d'Auberive, dans un semis de légers nuages roses. Les premiers rayons obliques, perçant l'obscurité des futaies, piquaient de points argentés, ici un tapis de lierres, là un fouillis de clématites, tandis qu'en contre-bas la route serpentait dans une ombre bleuâtre, entre deux talus tapissés de ronces humides et de millepertuis en fleurs. Les oiseaux ébouriffaient leurs plumes et gazouillaient dans les fourrés. Un chant de coq résonna comme un coup de clairon dans la direction d'une ferme lointaine. On arrivait au sommet du plateau. Accroché aux cordes de la bâche, Bigarreau (car on a deviné que c'était lui) songea sans doute qu'il était imprudent de se risquer en plaine, lorsque les futaies voisines lui offraient un asile à la fois plus frais et plus sûr. A un endroit où les roues frôlaient les digitales du talus, il se laissa choir dans l'herbe mouillée, quittant incognito, comme il y était monté, le briska qui se mit à trotter sur la route aplanie et disparut bientôt dans la poussière du grand chemin. Après avoir suivi de l'œil ce nimbe poudreux qui décroissait et se rapetissait dans la lumière vermeille du soleil levant, Bigarreau franchit le fossé, chaussa ses sabots et s'enfonça sous bois, à l'aventure.

Il marchait droit devant lui. Tout enivré de sa liberté reconquise, il savourait insoucieusement le plaisir de vagabonder à son aise, sans se demander où il irait, ni comment il vivrait. L'important, pour le quart d'heure, était de dépister les gardiens; il avait sur eux deux heures d'avance et il les défiait bien de deviner quelle direction il avait prise. Il fit ainsi une bonne lieue en forêt, recherchant les fourrés et fuyant les clairières. Au bout d'une heure, la déclivité du terrain devint sensible et, après avoir dévalé rapidement le long du couloir d'une tranchée, Bigarreau se trouva au fond d'une gorge où courait un ruisseau.

L'endroit était très solitaire. Des deux côtés, les pentes boisées se relevaient presque à pic, veloutant d'une ombre froide la mince bande de prairie où le ruisseau creusait son lit à travers les salicaires, les épilobes roses et les spirées. Deux ou trois merles, seuls hôtes de cette combe,

2.

étaient occupés à se baigner dans le courant
lorsque Bigarreau déboucha sur la rive. Ce fut à
peine s'ils se dérangèrent, et le plaisir que semblait leur procurer ce bain matinal engagea le
détenu à les imiter. Il eut vite mis bas ses vêtements et, nu comme un ver, il se plongea avec
délice dans cette eau limpide que parfumait
l'odeur des menthes et des reines des prés.
Quand il s'y fut amplement débarbouillé, il alla
se sécher en se roulant sur le tapis ensoleillé de
la pelouse, puis il se rhabilla lentement. Pendant
qu'il passait son pantalon, une idée ingénieuse
lui illumina le cerveau. Au lieu de rendosser sa
veste d'uniforme, il la roula en paquet et l'enfouit
sous une large pierre plate, à l'abri d'un buisson.
— Cette partie de son vêtement portait une
étiquette matricule et avait une coupe réglementaire qui sentait la prison ; elle aurait pu le
trahir, tandis qu'en bras de chemise et en pantalon de coutil, il pouvait passer à la rigueur
pour un paysan.

Ces sages précautions une fois prises, il jeta
autour de lui un regard d'affamé. Il avait mal
soupé la veille et le bain venait de lui creuser
encore plus à fond l'estomac. Après quelques

investigations, il découvrit des fraises mûres
dans l'herbe d'un talus exposé au midi, et des
framboises sauvages dans les halliers qui avoisi-
naient le ruisseau. Le déjeuner était frugal, mais
exquis, et, après avoir dépouillé fraisiers et
framboisiers, maître Bigarreau se trouva un peu
regaillardi. Alors il s'étendit sur la pelouse, la
tête à l'ombre et les pieds au soleil, et, bercé
par le glouglou du ruisseau, il s'assoupit légèrement.

Ce doux somme durait depuis une heure
environ, quand il fut troublé par un bruit de
branches froissées et surtout par une fraîche
voix féminine, dont Bigarreau crut d'abord
entendre la chanson dans un rêve. Il entr'ouvrit
les yeux ; mais, avec cette prudence acquise
pendant son séjour à la centrale et devenue en
quelque sorte une seconde nature, il ne bougea
pas, afin de voir autant que possible sans être vu.
Précaution inutile, car il était déjà lui-même
depuis deux minutes un sujet d'observation.

Il aperçut à dix pas la chanteuse dont la voix
l'avait éveillé. C'était une fillette de quinze ans
environ. Un panier à demi rempli de fraises
dans une main, un morceau de pain de ménage

dans l'autre, elle s'était arrêtée sur le bord du
ruisseau, oubliant de manger pour examiner ce
dormeur qui lui était inconnu. Bigarreau, toujours immobile, feignait de continuer son
somme, afin de ruminer ce qu'il allait dire et
faire en cette conjoncture, et, tout à travers ses
réflexions, il épiait sournoisement la nouvelle
venue.

Elle était vêtue simplement d'une chemise de
grosse toile nouée au cou par une coulisse, et
d'une jupe de laine assez courte et effilochée,
qui laissait voir presque jusqu'aux genoux deux
jambes nues aux mollets zébrés d'égratignures
et aux pieds chaussés de brodequins trop larges.
Ses bras nus et maigres étaient bronzés par le
hâle, ainsi que son visage, dont la marche et la
chaleur avaient néanmoins rosé les joues. Ses
cheveux bruns, très abondants et mal retenus
par un peigne de corne, retombaient en mèches
frisottantes sur sa nuque, sur son front et jusque
sur deux yeux noirs, très ouverts, qui regardaient avec un mélange de curiosité et de mé-
fiance Bigarreau vautré dans les grandes herbes.
— L'examen, en somme, ne parut pas avoir été
trop défavorable. L'ex-numéro vingt-quatre

n'avait pas mauvaise figure dans cet encadre-
ment de hautes tiges vertes. Le bain semblait
l'avoir purifié des souillures de la prison ; ses
joues et ses lèvres avaient retrouvé les couleurs
vives auxquelles il devait son nom de Bigarreau,
et son attitude abandonnée de dormeur lui donnait l'air bon enfant. La fillette, un peu rassurée,
hasarda quelques pas vers le garçon, qui, de son
côte, jugea le moment venu de secouer sa feinte
somnolence.

Il étira les bras comme quelqu'un qui s'éveille,
se frotta les yeux et se souleva sur le coude. Un
sourire malicieux ouvrit la bouche assez grande
de la jeune fille.

— Ga ! s'exclama-t-elle, vous avez le sommeil
dur !

— Dame, répondit Bigarreau avec aplomb,
quand on est fatigué, vous savez, on... (il allait
dire : « on pionce, » mais, par une sorte de
retenue, il renfonça dans son gosier ce terme
d'argot) on dort comme une souche... Qui dort
dîne !

— Vous n'avez pourtant pas jeûné tout à
fait, répliqua-t-elle en jetant un regard ironique sur les framboisiers encore froissés de la

cueillette du matin; il y avait ici tout plein de framboises, et il n'en reste plus la queue d'une!

En achevant, elle rit aux éclats, et cet accès de bonne humeur poussa Bigarreau dans la voie des aveux.

— C'est de la viande creuse! soupira-t-il en lorgnant le quignon de pain bis de la jeune fille; ça ne tient pas à l'estomac.

Elle parut comprendre l'éloquence de cette œillade intéressée :

— Si vous avez faim, reprit-elle brusquement, il faut le dire... Je vous donnerai volontiers la moitié de mon pain.

— Ce n'est pas de refus, car je n'ai rien mangé depuis hier au soir.

Elle rompit le morceau de pain en deux et le tendit gentiment à son interlocuteur avec le panier de fraises.

— Ne vous gênez pas, ajouta-t-elle, j'en ai à ma suffisance.

Il ne se fit pas prier, et il joua des dents. Il dévorait. Elle s'était accroupie dans l'herbe et le regardait, avec un demi-sourire d'ébaubissement, engloutir le pain et les fraises. Il finit par être

honteux de sa voracité, et, après avoir arrosé
sa collation d'une gorgée d'eau puisée dans le
creux de sa main :

— Ouf! murmura-t-il, ça va mieux... Merci!...
Il était temps, et je tombais de faim.

— Vrai?... Vous ne mangez donc pas votre
content chez vous ?

— Pas toujours, répondit-il laconiquement.

— Est-ce que vous êtes de Colmiers?

— Non.

— Du Val-Serveux, peut-être ?

Il l'examinait de nouveau avec embarras ; la
franchise des yeux limpides et peu intimidés de
la fillette le prédisposait à la confiance.

— Je suis, répondit-il, d'un endroit près
d'Auberive .. Connaissez-vous ce pays-là ?

— Je n'y suis jamais allée, mais mon père le
connaît... Est-ce. que ce n'est pas à Auberive
qu'il y a des prisonniers?

A cette question non prévue, l'embarras du
garçon redoubla.

— Oui... je crois, balbutia-t-il évasivement.

Son trouble n'avait pas échappé à la fillette.
Elle le dévisageait avec une attention inquiète,
et il se sentait rougir sous le regard obstiné de

ces jeunes yeux inquisiteurs. Pour rompre les chiens, il la questionna à son tour :

— Que fait-il, votre père ?

— Il est sabotier... Nous travaillons pour le moment dans la vente du Val-Serveux... L'an dernier, nous avions notre chantier dans les bois de Gurgis.

— Vous êtes beaucoup, dans votre chantier ?

— Non ; il y a le père, il y a moi, et puis le Champenois, notre compagnon.

— Comment vous appelez-vous ?

— Norine. . Norine Vincart... Et vous ?

— Moi ?... Bigarreau.

La bouche de la jeune fille se fendit de nouveau pour laisser passer un sonore éclat de rire.

— C'est un nom de cerise, ça, ce n'est pas un nom de chrétien !

— C'est un surnom, expliqua-t-il brièvement.

— Ah ! bien... quel est le nom de votre père ?

— Mon père ?... Je ne l'ai jamais connu.

— Mais votre mère ?

— Elle est morte, repartit Bigarreau d'un ton bourru.

— La mienne aussi, dit doucement Norine, elle est morte quand je n'avais que dix ans.

Il y eut quelques minutes de silence. Bigarreau mâchonnait nerveusement une tige de menthe; la jeune fille trempait l'une de ses mains dans l'eau et s'amusait à faire rouler des gouttelettes brillantes le long de son bras nu. Elle jeta un regard perçant sur son vis-à-vis; puis, reprenant ses questions :

— Vous étiez en service, à Auberive? demanda-t-elle.

— Oui.

— Et vous vous êtes sauvé de chez vos maîtres, hein?

— Vous avez deviné juste, se hâta-t-il de répondre, espérant ainsi être quitte de cet interrogatoire embarrassant; mais il avait compté sans la curiosité tenace de la fille du sabotier.

— Comment s'appelaient-ils, vos maîtres? poursuivit-elle.

Bigarreau, pris au dépourvu, chercha un nom vraisemblable et n'en trouva pas tout d'abord; puis il réfléchit que s'il nommait au hasard quelqu'un d'Auberive, son mensonge risquait d'être vite éventé par ce juge instructeur en

3

jupons. L'impatience le prit et il repartit, agacé :

— Ma foi, je ne m'en souviens plus.

Une moue soupçonneuse plissa les lèvres de Norine. — Vous avez la mémoire courte ! murmura-t-elle sèchement.

Elle fronça les sourcils, leva un doigt en l'air, et, regardant le malheureux Bigarreau droit dans les yeux : — Tenez, vous me contez des menteries !... J'ai en idée que vous sortez de la prison d'Auberive, d'où vous vous êtes sauvé en prenant votre congé sous la semelle de vos souliers...

En même temps, elle s'était levée avec précipitation et avait reculé de trois ou quatre pas, tandis que Bigarreau, déconcerté, se mettait lui-même sur ses pieds.

— Oh ! continua-t-elle en toisant intrépidement le détenu qui avait repris son air farouche, ne me regardez pas comme si vous vouliez m'avaler !... Vous ne me faites pas peur et je n'ai qu'à crier pour appeler nos gens.

— Ne criez pas ! supplia Bigarreau d'une voix sourde, j'aime mieux vous dire toute la vérité... Oui, je me suis sauvé de la prison, mais vous n'avez pas besoin de prendre peur...

Je ne veux de mal à personne, à vous moins qu'à tout autre... Je vous en prie, ne me vendez pas !

Alors, hâtivement, il lui conta son histoire, sans omettre l'aventure de la veille. Il parla du régime de la prison, des mauvais traitements des gardiens, et montra ses mains encore gonflées par les meurtrissures des *patoches*.

Peu à peu Norine s'était rapprochée ; elle finit par s'agenouiller dans l'herbe. Elle écoutait avec un intérêt croissant le récit des misères de Bigarreau ; ses yeux noirs tantôt devenaient humides et tantôt flambaient d'indignation. Elle prit même l'une des mains du fugitif et examina avec une compassion attendrie les marques violacées qui témoignaient de la cruauté des gardiens.

— Les sauvages ! s'exclama-t-elle, ils vous battaient ?... C'est lâche de se mettre à plusieurs pour rouer de coups un *gachenet !*... Quel âge avez-vous ?

— Je suis dans ma seizième année.

— Comme moi. Et vous vous êtes échappé ?... Vous avez eu grandement raison ; j'en aurais fait autant à votre place !... Maintenant, qu'allez-vous devenir ?

Bigarreau répondit que toute sa peur était

d'être repris, parce qu'alors la punition serait terrible. Il avait l'intention de se cacher dans les bois pendant le jour, et de voyager la nuit jusqu'à ce qu'il fût très loin de la maison centrale... Alors il tâcherait de trouver du travail dans quelque usine.

— Je suis fort, ajouta-t-il en montrant ses bras, et je pourrais gagner facilement mon pain... Je ne rechigne pas à l'ouvrage.

Norine était devenue pensive. Étendue dans l'herbe, dont les tiges frôlaient sa poitrine maigrelette, elle restait accoudée, les doigts enfoncés dans ses cheveux; les plis verticaux que dessinaient à la base du front ses sourcils rapprochés indiquait qu'elle se livrait à une méditation laborieuse.

— Attendez, dit-elle enfin après quelques minutes, je crois que j'ai votre affaire... Mon père a comme une idée d'embaucher un apprenti... Il en a surtout besoin maintenant que le Champenois est allé passer une quinzaine dans son pays... Ça vous déplairait-il d'apprendre le métier de sabotier?

— Non... J'ai tant fait de métiers que je ne suis pas difficile sur le choix.

— Vous seriez bien caché ici... C'est grande
aventure quand on y rencontre d'autres gens
que les bûcherous du val Val-Serveux, sauf
en automne, lorsque la chasse est ouverte, et
alors nous aurons quitté la place... Pour sûr,
les gendarmes ne viendraient pas vous y chercher.

— Oui, mais votre père voudra-t-il prendre
avec lui un échappé de prison ?

— Ceci me regarde ! répliqua Norine d'un
ton décidé et avec un petit air d'importance très
drôle... Venez avec moi.

Elle lui prit la main, et ils côtoyèrent ensemble le bord du ruisseau jusqu'à un tournant d'où
on apercevait la coupe de bois et le campement
des sabotiers.

Là, Norine fit asseoir son protégé derrière
une *bouillée* de saules et lui enjoignit de rester
coi jusqu'au moment où elle jugerait à propos
de l'appeler.

— Je vais parler au père Vincart, dit-elle,
ne bougez pas... Quand vous m'entendrez hu-
cher trois fois en imitant le cri du coucou, c'est
que l'affaire sera arrangée. Alors vous n'aurez
qu'à monter dans la coupe, et j'irai au-devant
de vous.

Elle traversa le ruisseau en sautant adroite-
ment sur de grosses pierres et chemina à travers
les stères de rondins empilés, jusqu'à un pli de
terrain derrière lequel se trouvait le chantier.

L'installation des sabotiers se composait d'une
large hutte conique, recouverte de terre mous-
sue, et d'une loge au toit de ramilles, où les
grosses de sabots confectionnés reposaient sous
un lit de copeaux. L'atelier proprement dit était
en plein air, et, au moment où Norine y arriva,
le père Vincart, à cheval sur son billot, ébau-
chait à l'aide de son erminette une couple de
sabots dans une tronce de hêtre. Sa chemise
ouverte laissait entrevoir sa poitrine hâlée,
velue et grisonnante. C'était un petit homme
voûté, approchant de la cinquantaine, très vif,
le nez en l'air, la bouche gourmande, l'œil rieur
et humide.

Au bruit du pas de Norine, il releva la
tête et accueillit sa fille par un sourire narquois
qui plissa de petites rides autour de ses yeux.

— Hé! dit-il, ma *gachette*, sans reproche,
vous avez mis du temps à finir votre déjeuner.

La jeune fille prit sa mine la plus sérieuse et
répliqua d'un ton d'enfant gâtée :

— Je vous conseille de vous plaindre : je m'occupais de vos affaires.

— Ouais ! De quelles affaires ?

— N'avez-vous point dit, l'autre soir, que vous seriez bien aise d'avoir un apprenti ?

— Le fait est que le Champenois me manque grandement et que j'aurais embauché volontiers quelqu'un pour nous donner un coup de main... Mais les apprentis ne poussent pas dans la forêt comme des champignons.

— J'en ai pourtant trouvé un à la Fontenelle, et je l'ai embauché.

— Hein ! s'écria le sabotier, interloqué, il me semble que vous allez vite en besogne, ma mie ; il ne s'agit pas de prendre le premier venu.

— Ce n'est pas le premier venu, riposta vertement la fillette ; c'est un *gachenet* solide et qui abattra de l'ouvrage.

— Et d'où sort-il, ce gachenet ?

Norine baissa la tête un moment ; puis, la redressant avec aplomb :

— C'est un garçon, reprit-elle, qui était en service chez des vanniers ; ils le rouaient de coups, et il les a plantés là... Je l'ai rencontré à la Fontenelle : il avait faim, et je lui ai donné à déjeuner.

Le sabotier hocha le menton d'un air médiocrement émerveillé.

— Belle recommandation, murmura-t-il; c'est bien de vous cela, Norine, de vous *enfagoter* d'un camp-volant !

— Je ne me laisse pas enfagoter; je l'ai tourné et retourné de toutes les façons, et je vous réponds que vous en aurez satisfaction... Maintenant, si vous ne vous fiez pas à moi, vous êtes libre de ne pas le prendre !... Vous ferez une sottise, voilà tout, et le pauvre gachenet ira mourir de faim sur les routes.

Elle prononça ces derniers mots d'un ton vexé, en les accentuant d'une moue de mauvaise humeur. Ce manège ne manquait jamais son effet sur le bonhomme Vincart.

— Qui te parle de ne pas le prendre? répondit-il déjà à demi converti. Je ne dis pas non, seulement je ne me soucie pas d'acheter chat en poche et je voudrais le voir... Où niche-t-il, ton gachenet ?

— Je vais vous le montrer... Du reste, vous ne serez pas mariés ensemble, et quand le

Champenois reviendra, vous serez toujours à temps pour renvoyer... Claude Pinson, si son travail ne vous convient pas.

Pendant ce colloque où l'on décidait de son sort, Bigarreau, assis derrière sa bouillée de saules, attendait, le cœur battant. Depuis bien longtemps, il n'avait été pénétré d'une émotion à la fois si poignante et si douce. La rencontre de Norine, la façon dont elle l'avait secouru, constituaient pour cet adolescent, jusqu'alors traité en paria, des événements tout à fait nouveaux et tenant presque du merveilleux. Il tremblait que cette chance inespérée ne s'envolât tout d'un coup, comme ces libellules bleues dont il voyait un moment les ailes frissonner au-dessus du ruisseau, puis qui disparaissaient pour ne plus revenir. Les minutes lui semblaient étrangement longues, et, bien qu'il attendît seul ent depuis un quart d'heure, il commençait à se décourager.

— Allons, songeait-il, c'est qu'on ne veut pas de moi...

Au même instant, il entendit du côté du chantier un appel sonore retentir trois fois :

— Hou... oup! hou... oup! hou... oup!

3.

Il se leva tout d'une pièce, et, sortant de sa
cachette, il s'engagea dans la coupe. Bientôt,
entre deux piles de souches, il distingua Norine
qui accourait au-devant de lui.

— Venez! fit-elle tout essoufflée en le rejoi-
gnant, le père consent à vous prendre à l'essai...
Je lui ai dit que vous vous appeliez Claude
Pinson et que vous étiez en service chez des
vanniers qui vous battaient... Retenez bien tout
ça, afin de ne pas vous couper quand il vous
questionnera.

Elle s'arrêta pour rattraper son haleine, et ses
yeux limpides se fixèrent longuement sur les
yeux bleus de Bigarreau.

— J'ai été forcée, reprit-elle, de dire des menteries au père pour l'amadouer, et ça me fait
gros cœur de le tromper... Tâchez que je n'en
aie point regret.

Pour la première fois en sa vie, Bigarreau se
rendait compte de ce que ce pouvait être que la
bonté, et, pour la première fois, ses yeux se
mouillèrent de larmes qui n'étaient arrachées ni
par la douleur ni par la colère. Au fond de lui,
la source de sensibilité qui se tient cachée au
cœur de tout être humain jaillit brusquement.

Dans un élan de gratitude, il saisit la main de Norine et la pressa entre ses gros doigts meurtris.

La fillette garda la main du détenu dans la sienne, et ils se dirigèrent ainsi vers l'atelier en plein vent, où le père Vincart s'était remis à dégrossir son sabot.

— Voici Claude Pinson, dit Norine.

Le sabotier leva le nez et toisa des pieds à la tête Bigarreau, qui frottait d'un air confus sa main contre son pantalon.

— C'est un gaillard ! murmura enfin le sabotier d'un ton satisfait, et s'il a aussi bonne envie de travailler qu'il a bonne mine, nous pourrons nous arranger... Mon gars, Norine m'a parlé de toi, et je te prends à l'essai ; nous verrons ce que tu sais faire... Ici, il faut trimer dur, mais on n'est pas battu... Ça te va-t-il ?

— Oui, m'sieu.

— Eh bien ! pour aujourd'hui, la gachette va te mettre au courant du métier, car elle s'y entend comme un homme, et elle n'a pas son pareil pour manier le *paroir* et donner le fion à un sabot... Demain, je te planterai un outil dans la main, et nous saurons de quoi tu es capable.

IV

EUX heures. C'est le moment où la forêt, sous le flamboiement du soleil d'été, est comme grisée et semble s'assoupir. — Sur une grosse pierre surplombant au-dessus du ruisseau de la Fontenelle, très resserré et rapide en cet endroit, Norine Vincart et Bigarreau étaient assis, laissant pendre leurs jambes à fleur du courant. Ils s'étaient déchaussés, et l'eau, dans sa course hâtive, baignait leurs pieds avec un léger bouillonnement. Il y avait déjà un peu plus de quinze jours que le faux Claude Pinson servait d'apprenti au père Vincart. On l'employait à fendre et à scier les billes de hêtre, et, comme il était robuste et alerte, il s'acquittait à merveille de cette besogne. Cette quinzaine lui avait paru faite uniquement de jours pleinement heureux. Le père Vincart, bien que rageur et peu patient, n'était pas un méchant homme ; quant à Norine, elle avait pris en affection son protégé, et, comme en sa qualité d'enfant gâtée et volontaire elle menait son père par le bout du nez, elle rendait la vie très douce au nouveau-venu. — Elle l'avait habillé avec une vieille veste du sabotier, façonnée à la taille de Bigarreau, et elle lui avait installé un lit dans la loge où l'on emmagasinait les sabots, à côté du carré de paille et de fougère réservé au compagnon absent. Là, emmitouflé dans une couverture de cheval, l'ancien détenu dormait à poings fermés jusqu'à l'aube, puis s'éveillait frais et dispos, à la chanson des grives et à la voix de la matineuse Norine.

Encore qu'on travaillât ferme au chantier du père Vincart, néanmoins on trouvait le moyen de prendre du bon temps, et la journée comptait des heures de récréation et de repos. La besogne commençait au petit jour et durait jusqu'au moment du goûter. Pendant la grosse chaleur de l'après-midi, le sabotier faisait la sieste, et l'ouvrage ne reprenait que vers quatre heures. Norine et Bigarreau en profitaient pour courir de compagnie les bois environnants. La fillette, souple comme une couleuvre et vive comme un écureuil, initiait son compagnon à toutes les jouissances de la vie forestière. Elle savait tendre des collets pour les lièvres et pêcher à la main, dans le ruisseau, des truites et des écrevisses. Elle connaissait dans les bruyères ou le long des sentes herbeuses les bonnes places à champignons, où l'on était sûr de faire une ample récolte de cèpes et de *prevets*. Cette existence solitaire dans le milieu salubre des bois, ces journées de travail au grand air, coupées de flâneries à travers les taillis, avaient rapidement métamorphosé Bigarreau. Ce n'était déjà plus le détenu sournois et farouche, sur les épaules duquel pleuvaient les taloches des gardiens de la maison centrale, le garnement perverti par des années de vagabondage et la promiscuité corruptrice de la prison ; son naturel bon enfant et insouciant avait repris le dessus. Grâce au contact journalier de la petite fée sauvage qui était devenue sa compagne et son initiatrice, il découvrait maintenant en son par-dedans des germes de délicatesse et de sensibilité dont il était lui-même émerveillé.

Donc, en ce moment, Bigarreau trempait avec délices ses pieds dans le courant de la Fontenelle, et en même temps son être entier nageait dans une félicité plus rafraîchissante que l'eau de la source.

— Eh bien ! Claude, dit Norine en le regardant en dessous, est-ce la chaleur qui vous ôte la parole ? Vous êtes muet comme un poisson.

— Ce n'est pas la chaleur, répondit-il, c'est le contentement. Il me semble que je rêve et j'ai peur de me réveiller. Des fois, quand je dormais dans mon hamac, à la centrale, il m'arrivait de rêver que j'étais libre ; puis, me réveillant à moitié, je m'apercevais que ce n'était qu'un rêve et j'essayais de me rendormir pour le faire durer... A cette heure, c'est la même chose : je n'ose pas bouger, de peur de voir tout d'un coup la Fontenelle, le chantier et vous-même, Norine, disparaître comme une fumée, et de me retrouver sous la griffe du gardien-chef.

— Il ne tient qu'à vous que cela dure... Le père est satisfait et il assure que vous avez tout ce qu'il faut pour devenir habile dans notre métier... Il vous gardera de bon cœur... à moins,

ajouta-t-elle avec un malicieux clignement
d'œil, à moins que ça ne vous ennuie de rester
avec nous ?

— Oh ! Norine, pouvez-vous dire ?... Je ne
suis content qu'auprès de vous.

— En ce cas, tenez-vous en repos, reprit
Norine Vincart d'un ton décidé, et ne vous tour-
mentez pas à chercher midi à quatorze heures !...
Aujourd'hui, nous avons congé jusqu'au soir...
Le père ne reviendra du marché de Gurgis
qu'à la nuitée... D'ici là, nous sommes nos
maîtres, et j'en vais profiter pour faire un somme
dans l'herbe.

Elle se dressa debout sur la pierre, étira ses
bras, égoutta au soleil ses petits pieds rougis et
ruisselants ; puis, parcourant du regard les en-
tours du ruisseau, elle avisa sur une pente ombreuse une nappe de bruyères roses et alla s'y
étendre, les jambes roulées dans sa jupe et les
bras croisés autour de sa tête nue. Bigarreau
l'avait suivie et, agenouillé à quelques pas
d'elle, il surveillait son installation. — En attendant que le sommeil vînt, Norine, dans son
lit de bruyères, les yeux clos à demi, un léger
sourire sur les lèvres, regardait nonchalamment

entre ses cils son compagnon silencieux, les arbres immobiles et le ciel parmi les branches ; peu
à peu ses paupières brunes s'abaissèrent tout à
fait, ses cils se rejoignirent, ses lèvres s'appuyè-
rent l'une contre l'autre en faisant la moue, et
elle s'endormit.

Bigarreau, toujours sur ses genoux, s'était
rapproché de la dormeuse. Il avait enlevé sa
veste et la posait avec précaution sur les pieds
nus de Norine. Puis, ayant arraché une large
feuille de fougère, il l'agitait comme un éventail
pour empêcher les mouches de troubler le sommeil de la fillette.

Il avait fort à faire. Les mouches de rivière,
rendues plus taquines par la chaleur, volaient
tout alentour avec un monotone bourdonnement
et s'obstinaient à se poser, tantôt sur les bras de
la jeune fille, tantôt sur son cou, tantôt sur sa
joue d'un brun rosé. — De temps à autre, l'apprenti s'interrompait pour contempler, comme
en extase, Norine, vraiment charmante dans sa
rustique beauté à demi formée. Les mouches
dansantes semblaient s'arrêter à dessein sur les
plus délicats contours de la dormeuse, comme
pour accentuer encore les détails de ce joli corps

de fillette en train de devenir une femme. Elles effleuraient de leurs ailes noires les paupières aux longs cils, les bras nus et hâlés, la poitrine blanche et à peine modelée, dont une chemise mal nouée laissait voir la naissance.

Le milieu dans lequel Bigarreau s'était trouvé jusqu'alors n'avait certes pas contribué à lui inculquer des principes de retenue et d'honnêteté. Gâté avant l'âge, jeté de bonne heure dans ce bourbier de la prison où les vices grouillaient comme des sangsues dans un marais, à quinze ans, Bigarreau n'ignorait et ne respectait plus rien. Pourtant la vue de Norine endormie et court vêtue n'éveillait en lui ni sensation malsaine ni brutales convoitises. L'émotion qu'il éprouvait avait quelque chose d'instinctivement respectueux et de doucement étonné : l'admiration d'un sauvage devant une belle chose inconnue. Ce vagabond, qui avait grandi parmi de précoces vauriens cyniquement dépravés, avait tout d'un coup la révélation de la grâce féminine et du charme virginal. Et cette perception nouvelle, jointe à un sentiment de reconnaissance et de tendresse, le jetait dans une extase à la fois voluptueuse et chaste. Il contemplait Norine

avec admiration, et cette contemplation admira-
tive et recueillie suffisait à le rendre heureux.

Autour de lui et de la dormeuse, la forêt profonde élevait ses feuillées comme pour les enfermer tous deux dans une sécurité pacifique et
verdoyante. Cette paix n'était troublée que par
le susurrement du ruisseau, qui fuyait sous bois
avec des airs pressés, et par les lointaines voix
des ramiers, qui roucoulaient, roucoulaient toujours les mêmes notes amoureuses. Les fougères,
roussies par le soleil, exhalaient une odeur pénétrante pareille au parfum du cassis mûr ; les
tiges des genêts dressaient çà et là leurs gousses
noires et leurs fleurs d'or ; sans bruit, un papillon
bleu descendait du fourré, se posait sur une sali-
caire pourpre, puis reprenait son vol silencieux.

— Cela dura des heures, puis Norine secoua ses
cheveux semés de fleurettes de bruyères, elle
dénoua ses bras ; un sourire entr'ouvrit sa
bouche.

— Vous voilà réveillée ? murmura Bigarreau.

— Oh ! il y a beau temps que je ne dormais
plus !... Je vous épiais.

— Et vous ne disiez rien ?

— Nenni ! vous vous seriez dérangé, et ça

me faisait plaisir de vous voir à genoux à côté de moi.

— Vrai ? s'écria-t-il en rougissant.

— Oui, vous me regardiez avec de bons yeux, et j'étais contente de rester là sans bouger, en vous sentant tout près... Je n'ai pas peur avec vous, ce n'est pas comme avec le Champenois.

— Le Champenois ?

— Oui, l'ouvrier de mon père.. Il est toujours sur mon dos quand je vais au bois et il me pourchasse partout... Je ne peux pas le sentir !

— Est-ce qu'il va revenir bientôt ?

— Apparemment ! il n'était parti que pour une quinzaine... S'il pouvait rester dans son pays, c'est moi qui ne porterais pas son deuil !... Mais il reviendra ; d'ailleurs le père Vincart tient à lui parce qu'il est bon ouvrier.

La physionomie de Bigarreau s'était assombrie. D'avance, il détestait ce Champenois, qui courait après Norine et qui allait tomber dans le chantier comme un trouble-fête.

— Voyez-vous, Claude, continua la jeune fille, quand il sera de retour, il faudra vous

méfier et tâcher de vous mettre bien avec lui...
Il est jaloux et sournois, et s'il vous prenait en
grippe, il serait capable de vous faire des misères.

Ils s'étaient remis en route vers le chantier.
Le soleil descendait déjà à l'horizon et allongeait les ombres des baliveaux sur le plan in-
cliné de la coupe, dont les ronciers et les brous-
sailles semblaient flamber dans une poussière
dorée. Le père Vincart devait rentrer à la brune,
et Norine avait à s'occuper des préparatifs du
souper. Après avoir été puiser de l'eau à la
source, tandis que Bigarreau allumait du feu en
plein air, elle noua autour de sa taille un tablier
bleu, et se mit à éplucher les légumes pour la
potée. L'apprenti occupait ses loisirs à fendre des
ételles, tout en lorgnant la fillette, très affairée à
son épluchage. Assise sur un tronc d'arbre, les
cheveux au vent, elle dépêchait la besogne et, en
coupant les raves et les pommes de terre par
quartiers, elle fredonnait un bout de chanson.

Le soleil s'enfonçait de plus en plus derrière
les futaies. Son énorme globe d'un rouge vif ap-
paraissait par segments entre les hautes branches,
et dans l'herbe, çà et là, l'eau du ruisseau se tei-

gnait de la même éblouissante rougeur. Au zénith, le ciel, très pur, prenait des tons de turquoise. Sous la feuillée, des oiseaux se remisaient avec de faibles gazouillements, tandis que les geais se chamaillaient encore bruyamment dans le fourré. Peu à peu, le crépuscule arriva; le soleil avait complètement disparu; les hautes campanules fleuries n'avaient déjà plus qu'une faible teinte lilas, et une buée blanche, dans les fonds, suivait en rampant le cours capricieux de la Fontenelle, dont la voix montait plus distincte à travers la forêt silencieuse.

La marmite bouillait doucement sur le brasier. Bigarreau quitta son billot et vint s'étendre dans l'herbe sèche, aux pieds de Norine, à côté du feu, qui bleuissait sous les cendres. Ils ne parlaient plus ni l'un ni l'autre; la tête renversée, les yeux au ciel, ils regardaient les étoiles poindre dans l'azur plus sombre.

— Pourquoi, s'écria brusquement Bigarreau, pourquoi ne sommes-nous pas tous deux seuls dans le chantier?... Ce serait si bon de travailler ensemble, Norine!... de préparer à nous deux notre souper et d'attendre la nuit comme cela, l'un près de l'autre!

Au même moment, à l'orée du taillis, dans la direction de la route forestière, des voix encore lointaines se firent entendre, puis un *houp* sonore retentit dans la coupe.

— Voici le père, dit Norine en se levant, mais il me semble qu'il n'est pas seul...

En effet, le père Vincart arrivait, accompagné d'un garçon en blouse avec lequel il causait en gesticulant. Quand ils ne furent plus qu'à une vingtaine de pas, les yeux perçants de Norine reconnurent le nouveau-venu.

— Ga! murmura-t-elle, c'est cette méchante graine de Champenois.

— Ohé! les enfants! cria Vincart, la soupe est-elle prête?... J'amène du renfort. Figurez-vous qu'en quittant la route de Gurgis, j'ai rencontré ce camarade-là qui s'en revenait chez nous.

— Bonsoir *tourtous!* répondit Norine d'un ton de mauvaise humeur. Patientez un brin, la potée va être cuite.

— Bonsoir donc, Norine! reprit à son tour avec une intonation mielleuse le compagnon, en se débarrassant de son havre-sac. Ça va-t-il comme vous voulez?

En même temps, il dévisageait Bigarreau, qui, de son côté, soutenait hardiment l'examen du nouvel arrivant. Aux dernières clartés du crépuscule, l'apprenti distinguait un garçon trapu aux façons cauteleuses, à la bouche méchante et au regard louche. Une barbe rare et mal plantée ornait son menton ; il avait les joues luisantes, et au-dessus des yeux deux lignes rouges presque glabres en guise de sourcils.

— C'est Claude Pinson, l'apprenti dont je t'ai parlé, dit le sabotier en réponse à la muette interrogation du compagnon... Claude, mon gachenet, voici le Champenois ; c'est lui qui continuera ton éducation, et tu lui obéiras comme à moi... Maintenant que vous avez fait connaissance, asseyons-nous et donnons un coup de dent.

Norine avait apporté les écuelles de faïence brune et blanche, et taillé dedans des tranches de pain sur lesquelles elle versa la potée. Pendant un bon moment, on n'entendit plus que le bruit des mâchoires et le tic-tac des cuillers. Quand la première faim fut passée, le père Vincart se retourna vers le Champenois :

— Rien de nouveau par chez vous? demanda-t-il.

— Rien... mais en revenant, je me suis arrêté à Auberive; c'est là qu'il y a du *raffut* (du bruit) : un des gamins qui travaillaient à la nouvelle prison s'est sauvé, et ça a mis le pays sens dessus dessous.

Bigarreau tressauta sur son tronc d'arbre et Norine dut le pincer violemment pour lui recommander la prudence. La nuit était déjà trop brune pour qu'on pût s'apercevoir de l'altération des traits de l'apprenti, mais dans son émotion il laissa choir son écuelle, qui alla se briser sur un caillou.

— Fichu maladroit! s'exclama le père Vincart, c'est comme ça que tu arranges ma vaisselle plate !

— Espérons, ajouta en ricanant le Champenois, qu'il est plus adroit de ses mains quand il tient un outil !... Oui, patron, l'un de leurs prisonniers s'est donné de l'air ; mais ils le repinceront... Ils ont envoyé partout son signalement et la gendarmerie est à ses trousses...

V

PRENEZ garde! murmura le lendemain Norine à Bigarreau, qui passait près d'elle en brouettant des rondins, hier, quand vous avez lâché votre écuelle, vous m'avez tourné le sang!... Si vous perdez la tête ainsi dès le premier jour, le Champenois qui est rusé comme une fouine, aura tôt éventé notre secret, et il ne manquera pas de s'en servir contre vous.

— Cet homme-là ne me revient pas, répondit l'apprenti, et je le déteste déjà.

— N'importe, il faut lui montrer bon visage.. Il vaut mieux l'avoir avec soi que contre soi.

Bigarreau promit d'être prudent et s'efforça même d'amadouer celui qui était chargé de le diriger dans son travail. Mais on eût dit que le Champenois était prévenu contre le nouvel hôte du chantier. Il cherchait constamment à le prendre en faute. Sachant fort bien que Bigarreau était encore novice au métier, il lui confiait néanmoins des besognes difficiles, et quand le malheureux avait gâté une bille de bois ou donné de travers un coup d'erminette, le Champenois appelait le père Vincart et lui démontrait, pièces en mains, que l'apprenti ne serait jamais qu'un maladroit.

Norine, de son côté, afin d'adoucir l'humeur du Champenois, avait pris sur elle de se montrer moins revêche, et de ne plus accueillir comme auparavant par de mordantes rebuffades les lourdes galanteries de celui qu'elle appelait *le Louchard*. Mais là encore le résultat ne fut pas à l'avantage de son protégé. Voyant qu'on ne le rabrouait plus comme autrefois, le Champenois attribua ce changement au prestige de sa mine et s'imagina que Norine commençait à s'apprivoiser. Il s'enhardit alors et ses obsessions devinrent insupportables. Norine ne pouvait plus rester seule avec lui sans être exposée à de brutales entreprises. A bout de patience, elle se

cabra, remit sèchement l'odieux *Louchard* à sa
place et reprit ses façons âpres et méprisantes.
Ce revirement irrita violemment le vindicatif
compagnon et réveilla ses soupçons un moment
assoupis. — La jalousie développe chez ceux
qu'elle envahit une perspicacité très pénétrante;
elle affine l'esprit et donne aux sens de la vision
et de l'ouïe une acuité presque maladive. Le
Champenois flaira une odeur d'amour dans le
chantier du père Vincart. Il épia les deux adolescents et devina avant eux la nature du sentiment encore inconscient qui les inclinait l'un vers
l'autre. A partir de ce moment, ses convoitises
déçues, sa vanité blessée engendrèrent de hai-
neuses rancunes dont l'infortuné Bigarreau fut la
victime. L'ouvrier sabotier, s'ingéniant à lui
rendre la vie dure, ne lui épargna ni les invectives, ni les mauvais traitements.

Bigarreau, habitué depuis longtemps au régime
de la prison et aux torgnoles des gardiens, sup-
porta d'abord assez philosophiquement la méchante humeur et les injustes procédés du compagnon. Néanmoins, parfois la moutarde lui
montait au nez et il était obligé de ravaler péniblement sa colère, afin d'éviter une rixe qui n'eût

pas manqué de se terminer à son dam et de dé-
terminer son renvoi du chantier.

—Je n'y tiens plus ! disait-il à Norine, un matin
qu'ils pêchaient ensemble des écrevisses dans le
ruisseau de la Fontenelle, si *le Louchard* continue,
je finirai par lui sauter à la gorge et l'étrangler.

— Ayez patience, mon pauvre Claude, répondit la jeune fille en tirant hors de l'eau ses
bras ruisselants et en rejetant en arrière les cheveux rebelles qui lui retombaient sur les yeux,
tout ça passera comme une giboulée de mars...
Le Champenois ne restera pas toujours chez
nous... Je trouverai moyen de le brouiller avec le
père et de lui faire donner congé... Seulement,
jusque-là, il faut ruser, car il est malin comme
un âne rouge, et tant que nous serons dans ce
pays-ci, j'ai toujours peur qu'il n'arrive à deviner
d'où vous venez...

Elle avait relevé la tête, et, tournée vers Bigarreau, elle essayait de l'encourager avec un
clair regard souriant.

Elle était plantée au fil de l'eau, la jupe retroussée et repliée à hauteur des genoux, les
cheveux flottant sur ses épaules, couvertes d'un
caraco trop étroit, dont l'étoffe décousue laissait

4.

voir des coins de peau blanche. La retombée des aulnes, entre-croisant leurs branches au-dessus du courant, l'enveloppait d'une fraîche obscurité au fond de laquelle ses yeux noirs brillaient comme des diamants dans l'ombre :

— Malheureusement, ajouta-t-elle en baissant la voix, je crains bien que sa méchante cervelle ne travaille déjà là-dessus... Et, à propos, ne m'avez-vous pas dit, Claude, que vous aviez caché près d'ici votre veste d'uniforme ?

— Oui, sous une pierre, au tournant de la Fontenelle.

— Si vous m'en croyez, vous irez la déterrer et vous la jetterez au fond d'un trou, ou bien vous la brûlerez, ce qui serait encore plus sûr.

— Pensez-vous que notre *Louchard* l'aille dénicher là où elle est ?

— Je crains tout de la part d'une mauvaise bête comme le Champenois.

— Bah ! repartit insoucieusement Bigarreau, si la malechance veut que je sois repris, j'aurai beau me cacher dans un trou de renard, on me pincera toujours... Dans ma vie, je n'ai jamais eu de veine, moi, excepté le jour où je suis venu vers vous...

— Raison de plus pour tâcher d'y rester !
s'écria Norine en fronçant le sourcil et en sautant impétueusement hors de l'eau... Vous ne
pensez qu'à vous ! continua-t-elle avec humeur
et d'un ton de reproche.

Elle était allée s'asseoir au soleil, parmi les
serpolets du talus et elle s'y était étendue d'un
air boudeur, les coudes dans l'herbe, les doigts
enfoncés dans ses cheveux ébouriffés. Bigarreau
alla l'y rejoindre.

— Je vous ai fâchée, Norine ? demanda-t-il.

— Oui, répliqua-t-elle avec dépit; vous vous
entêtez à ne rien écouter et vous ne vous inquié-
tez pas de ce qui tourmente les autres.

Il lui prit le bras et s'efforça de lui découvrir
la figure, qu'elle s'obstinait à tenir cachée dans
ses mains :

— Pardon, ma petite Norine ! balbutia-t-il
avec des intonations suppliantes, je n'avais pas
intention de vous faire de la peine... Si je ne
pense qu'à moi, c'est une mauvaise habitude que
j'ai prise dans le temps, personne avant vous ne
s'étant jamais inquiété de ce qui pouvait m'arriver... Mais il faudrait être le dernier des sans-
cœur pour oublier vos bontés !

Il avait réussi à lui saisir les mains et elle les
lui laissa. Ils gardaient maintenant le silence
tous deux. La forêt les berçait maternellement
dans son giron avec ses bourdonnements d'in-
sectes, ses bruits d'eau courante et ses lointains
roucoulements de ramiers. Les tiges foulées des
serpolets et des marjolaines répandaient autour
d'eux une bonne odeur, qui leur montait doucement à la tête, et Bigarreau sentait en lui un
trouble délicieux qui lui coupait la parole et
presque la respiration.

Norine releva lentement vers l'apprenti ses
yeux, dont les prunelles noires étaient devenues
humides comme des mûres après la rosée.

— Vous me promettez de vous tenir sur vos
gardes, n'est-ce pas? murmura-t-elle d'une voix
attendrie. J'ai en idée que le Champenois rumine
quelque mauvaiseté contre vous.

— Pourquoi?

— Parce qu'il est jaloux... Il est plus enragé
que jamais après moi!... Ce matin, comme
nous étions dans la loge, il a voulu m'embrasser et je lui ai donné de ma main par la figure. Alors il a ricané et m'a dit en me regardant avec son méchant œil de travers : « Si ce

camp-volant d'apprenti était à ma place, vous feriez moins la difficile ! » La patience m'a échappé et je lui ai jeté au nez : « Certes oui, je l'aimerais mieux qu'un vilain louchard comme vous ! »

Bigarreau était devenu rouge.

— Et... est ce que c'est vrai, Norine?

— Je ne mens jamais, balbutia-t-elle en enfouissant sa figure dans les serpolets.

Et elle poursuivit d'une voix quasi-étouffée par les herbes :

— J'ai plus d'amitié pour vous que vous n'en avez pour moi !... J'ai bien vu tout à l'heure que vous vous accoutumeriez à l'idée de me quitter, tandis que moi... si vous partiez...

Elle s'interrompit pour fondre en larmes.

— Norine, ma petite Norine, ne pleure pas!

Il avait soulevé dans ses mains la tête de la fillette, et, tout bouleversé de la voir pleurer, il avait rapproché son visage de celui de Norine. Tendrement, fraternellement, il essayait d'arrêter ses larmes en lui baisant les yeux. Brusquement elle lui jeta les bras autour du cou, et, pour la première fois, pour l'unique fois, les lèvres de Bigarreau touchèrent les virginales lèvres de la

jeune fille. La sensation de cet unique et exquis
baiser coula goutte à goutte comme un philtre
dans les veines des deux adolescents et les laissa
un moment étourdis et grisés. Un froissement de
branches, produit sans doute par quelque chevreuil qui venait boire à la Fontenelle et qui s'ef-
farait à la vue de ces naïfs amoureux, les réveilla
de leur extase. Norine se dressa d'un bond sur
ses pieds, et, tout empourprée, à la fois joyeuse
et confuse, elle s'enfuit à son tour et disparut
derrière les aunelles du ruisseau.

Bigarreau resta seul sur le talus, le cœur palpitant; il sentait encore sur sa bouche l'impression humide et délicieuse des lèvres de Norine ;
il lui semblait que les lisières de la forêt tour-
naient autour de lui, et que le sol lui-même, se
dérobant, glissait insensiblement vers le ruisseau,
dont le bouillonnement sonore lui paraissait
presque doublé. Peu à peu néanmoins il revint à
lui, et se souvenant de la promesse faite à
Norine, il voulut profiter de la proximité de la
pierre où il avait caché sa veste, pour aller reprendre ce vêtement compromettant et s'en débarrasser à tout jamais. Encore à demi chancelant, il se dirigea vers la berge du ruisseau. Il

touchait la pierre du pied et il la soulevait déjà,
quand, en relevant prudemment la tête; il aperçut de l'autre côté de la Fontenelle, à mi-côte, la
lointaine et immobile silhouette du Champenois.
Il craignit d'être surpris au milieu de sa besogne,
et, laissant retomber le large parpaing, il s'assit
dessus, comme quelqu'un qui flâne, affecta de
lancer des cailloux dans le courant, tailla un
bâton dans une trochée de coudrier, puis s'éloigna d'un air indifférent.

Pendant un quart d'heure, la combe de la
Fontenelle redevint solitaire. Le chevreuil que
les deux jeunes gens avaient effarouché, put
redescendre du couvert où il s'était remisé et
venir boire à la source. Les merles, les grives
et les geais du voisinage en firent autant. A la
place où Norine et Bigarreau s'étaient assis et
où les plantes froissées gardaient l'empreinte
de leurs corps, les serpolets et les marjolaines
redressaient peu à peu leurs tiges couchées. Un
moment la nature parut reprendre le train
accoutumé de sa vie élémentaire, puis brusquement un fâcheux vint tout déranger de nouveau.

Le Champenois, qui était resté tapi dans

les cépées de la pente opposée, se remit en
marche vers le ruisseau qu'il traversa sans façon
et dont il suivit curieusement le cours capricieux jusqu'à cette pierre blanche où Bigarreau
s'était assis, et où le compagnon s'arrêta lui-
même. Se servant de ses deux mains comme
de leviers, il retourna rapidement la pierre, et
sa rougeaude figure s'éclaira d'une lueur de satisfaction.

— Oui-da, murmura-t-il entre ses dents,
tandis qu'il dépliait la veste à demi rongée par
l'humidité, voici donc le pot aux roses !

Il examina le vêtement et le retourna en
tous sens ; au revers du collet on pouvait lire
encore, marqué à l'encre d'imprimerie : « Maison centrale de Cl . , n° 24. » Il poussa
un grognement sourd, replaça la veste dans
sa cachette limoneuse et fit retomber la
pierre.

— J'en étais sûr, grommela-t-il, l'oiseau
s'est échappé de la cage des gens d'Auberive...
Gibier de la centrale, attends un peu, on
ne laissera pas à tes ailes le temps de re-
pousser !

Il enfonça ses mains dans ses poches, puis

en sifflottant il gravit la tranchée qui coupait la forêt dans la direction de la grand'route. Le bruit de ses souliers ferrés et la cadence de son sifflet s'éteignirent peu à peu sous les arbres, et la combe reprit sa physionomie silencieuse et solitaire...

Le Champenois reparut à l'heure du souper et conta qu'il était allé à Colmiers, chez le maréchal ferrant, auquel il avait donné un outil à réparer. Il semblait plus loquace et de plus joyeuse humeur que d'habitude, et le père Vincart prétendit qu'il avait dû pousser jusqu'au bouchon du cabaretier. Norine et Bigarreau, encore tout émus de l'éclosion si brusque de leur amour, et tout occupés de savourer leurs souvenirs, prenaient peu de part à la conversation. Le souper ne traîna pas longtemps et on alla se coucher.

Le lendemain matin, le soleil se leva rutilant dans un ciel d'été très pur. L'ouvrage pressait dans le chantier, et on se mit de bonne heure à la besogne. Le père Vincart et le Champenois, penchés sur leur billot, évidaient à la cuiller les sabots déjà ébauchés, et les passaient à Norine, qui les finissait à l'aide du paroir.

Bigarreau disposait ensuite les sabots parachevés les uns à côté des autres, la pointe en haut et la tête en bas, puis les enfumait par grosses à un feu de copeaux verts. — Aux environs de dix heures, on s'était arrêté pour casser une croûte et boire un coup de piquette, et, après avoir travaillé des mains, l'atelier travaillait bruyamment des mâchoires. Tout à coup, en relevant la tête pour porter la bouteille à ses lèvres, le père Vincart vit quelque chose d'insolite se mouvoir entre les arbres du taillis d'en face. Les branches brusquement écartées laissaient apercevoir des baudriers jaunes et des uniformes.

— Ouais? s'exclama-t-il, en voici bien d'une autre !

Norine avait tout vu en même temps que lui : — Les gendarmes! murmura-t-elle... Sauve-toi, Claude !

Bigarreau était déjà sur pied et prêt à prendre sa course, quand un croc-en-jambe du Champenois l'étendit à terre. Au même moment, quelqu'un s'élança de derrière la loge, et en se relevant l'apprenti se sentit harponné par une main de fer dont il devina le propriétaire,

rien qu'à la façon dont les doigts lui meurtris-
sait la peau.

— Vermine! criait le gardien-chef Seurrot
en secouant le malheureux détenu, je te retrouve
enfin!... Cette fois je t'ôterai l'envie de jouer
des jambes!

Il lui administrait des bourrades dans les
reins. Bigarreau, pâle, les dents serrées, recevait
les coups sans broncher. Les gendarmes avaient
quitté l'orée du bois et arrivaient au pas gym-
nastique.

Norine avait d'abord été tellement atterrée,
que le saisissement lui avait coupé la parole.
Ses yeux noirs devenaient menaçants, ses mains
se crispaient.

— Mauvais gueux! s'écria-t-elle en tendant
le poing vers le Champenois, c'est toi qui l'as
vendu!

Le compagnon avec un méchant sourire,
haussa les épaules et lui tourna le dos.

— Champenois, murmura le père Vincart
indigné, je n'aurais jamais cru ça de toi! .·. Puis
s'adressant aux gendarmes : — Pardon, messieurs, ajouta-t-il, pourquoi voulez-vous emmener ce gachenet?

— Ce gachenet, répondit sévèrement le brigadier Fondreton, est un drôle qui s'est évadé de la prison d'Auberive et que nous allons y réintégrer incontinent.. Quant à vous, père Vincart, vous avez eu tort de garder un vaurien pareil sans en instruire l'autorité, et vous risquez d'être poursuivi comme complice, subséquemment... Là-dessus, en route !

Mais Norine s'était jetée entre les gendarmes et Bigarreau qu'elle essayait d'arracher à la poigne de Seurrot.

— Je vous en prie, lâchez-le, messieurs, lâchez-le ! suppliait-elle... Il n'est pas méchant, il travaille, et avec nous il deviendra un bon sujet, au lieu que là-bas, avec tous ces prisonniers, il sera perdu... perdu !... Je vous réponds de lui, messieurs, lâchez-le, nous en ferons un bon ouvrier !

L'amour la rendait ingénieuse et lui suggérait des arguments qui, dans son idée, devaient convaincre tous les gens sensés ; mais les gendarmes, impassibles, ne s'attendrissaient pas plus que s'ils eussent été en pierre. Norine s'obstinait à barrer le chemin. Le gardien-chef l'écarta rudement.

— Filons ! dit-il en entraînant son captif.

— Norine, père Vincart, adieu ! articula enfin Bigarreau d'une voix étranglée : je ne vous oublierai jamais !

L'escorte et le détenu s'éloignèrent rapidement par la route forestière, mais Norine s'acharnait à les suivre, et les deux gendarmes avaient fort à faire de la maintenir à distance. Elle les suppliait en vain de lui laisser embrasser son ami une dernière fois. Quand elle vit qu'ils restaient insensibles, elle devint sauvage.

— Vous êtes des sans cœur ! s'exclama-t-elle, vous n'avez pas honte de vous mettre trois pour torturer un pauvre gachenet !... Mais je ne vous laisserai pas tranquilles, j'irai réclamer près du préfet, près de l'empereur !... Claude est à nous, je le veux, je le veux !... Rendez-le-moi !

Déchevelée, les yeux étincelants, elle emplissait la forêt de ses lamentations. Elle les suivit ainsi jusqu'à la lisière du bois ; là, épuisée, enrouée à force de crier, elle se laissa tomber sur le bord du chemin.

— Norine ! murmura Bigarreau, tandis que

Seurrot le poussait sur la grand'route, c'est peine inutile, retourne-t'en chez vous... Adieu, va, je t'aime bien!

— Claude! criait-elle.

Les gendarmes et le prisonnier s'éloignaient sur la route poudreuse, et toujours derrière eux se lamentait la voix désespérée de Norine : — Claude! mon Claude!...

— Gendarme Schnepp, disait en se mordant la moustache le brigadier Fondreton à son subordonné, les cris de la gachette me remuent l'estomac censément comme un roulement de tambours... Il y a des quarts d'heure, Schnepp, où il est difficile d'accorder son service avec sa sensibilité... indubitablement.

VI

E soir même de cette scène, le directeur de la prison arriva radieux dans
la salle de l'auberge, où le garde
général Yvert l'attendait pour souper. — Je
vous avais bien dit qu'il n'irait pas loin ! s'exclama-t-il, les gendarmes et le gardien-chef ont
pincé mon fuyard au coin d'un bois et l'ont
ramené tambour battant. A cette heure, il se
repose au cachot ..

Il eut un sourire cruel et un fauve flamboiement de l'œil, puis il ajouta, en exécutant une
pantomime expressive avec son rotin à pomme
d'ivoire : — Le gardien-chef était furieux, et,
avant de boucler le drôle, il lui a administré

une correction qui lui ôtera le goût des prome-
nades en plein air!

La correction devait, en effet, guérir Bigarreau à tout jamais. Après l'avoir moulu de
coups, Seurrot avait conduit en cellule son prisonnier, tout suant encore de sa longue course
au grand soleil. Bigarreau passa brusquement
de la chaude et joyeuse lumière des champs
dans un cachot obscur dont les murs étaient
glacés. L'horreur noire de cette cellule était
doublée pour lui par le souvenir de ses trois
semaines de liberté, et par la douleur d'avoir
été violemment séparé de la seule créature qui
l'eût aimé. Il avait encore dans les oreilles les
cris de désespoir de Norine, et ses yeux la
revoyaient toujours à genoux et échevelée, à
la lisière du bois de Colmiers. — C'était fini, il
ne la retrouverait certainement plus, et la vie
ne serait plus pour lui qu'un cauchemar. Son
supplice commençait déjà. La nuit, son cachot
était peuplé de fantômes: le gardien-chef, armé
de sa trique ; le directeur avec ses yeux durs et
son cruel sourire ; la face grimaçante et louche
du Champenois... Bigarreau les voyait distinctement surgir de l'ombre et s'élancer férocement

sur lui. En même temps il lui semblait que les murs de la cellule se rétrécissaient et que l'air allait lui manquer. Il étouffait, ses oreilles tintaient, des chaleurs soudaines lui montaient aux tempes, suivies de sueurs froides et de frissons ; et, d'une voix rauque, il appelait Norine à son secours...

Au matin, quand l'un des gardiens entra dans sa cellule, il le trouva grelottant et en proie à un accès de fièvre On manda le médecin de la prison, qui, après avoir examiné le détenu, constata une fluxion de poitrine.

Le fâcheux dénoûment de l'aventure de Bigarreau n'avait pas laissé de préoccuper le garde général. Il se reprochait d'avoir été la cause involontaire de l'évasion du détenu ; il résolut d'aller intercéder pour lui et d'obtenir tout au moins qu'on lui fît grâce du cachot. Quand il arriva dans le cabinet du directeur, ce dernier lui apprit que le « drôle » était malade et qu'on l'avait transporté à l'infirmerie. Yvert insista pour le voir, et on le conduisit dans un bâtiment neuf, où l'on avait installé le service médical. Il trouva Bigarreau tout enfiévré sous la mince couverture du petit lit réglementaire. Il

5.

était violemment oppressé et il délirait, les yeux grands ouverts. Il ne reconnut pas son compatriote, et celui-ci se retira après l'avoir chaudement recommandé aux soins de la sœur infirmière.

Comme Yvert franchissait mélancoliquement la grille de la maison centrale, il entendit derrière lui une voix féminine qui l'interpellait : « Monsieur ! » Il se retourna et aperçut une fillette d'une quinzaine d'années, nu-tête, vêtue d'une robe d'indienne trop courte et chaussée de gros brodequins blancs de poussière.

— Excusez ! fit-elle en le dévisageant avec ses grands yeux noirs, est-ce que vous êtes un des messieurs de la prison ?

— Non, ma petite, répondit-il. Pourquoi ?

— Ah ! soupira-t-elle d'un air tristement déçu ; puis, s'enhardissant, elle reprit : — A qui pourrais-je m'adresser pour avoir des nouvelles d'un prisonnier qui s'appelle Bigarreau ?

— Bigarreau ! s'écria Yvert étonné.

— Oui... un garçon qui s'était sauvé et qu'on a ramené hier... C'est chez nous qu'on l'a trouvé...

Elle lui conta brièvement la fuite et l'arresta-
tion du jeune détenu.

— Ils nous l'ont arraché malgré nous, continua-t-elle. S'ils avaient eu le cœur de nous le
laisser, il aurait gagné honnêtement sa vie chez
nous... Je voudrais dire ça aux maîtres de la
prison, si je pouvais leur parler... Pensez-vous
que ce soit possible, monsieur?

— J'ai peur qu'ils ne vous écoutent pas, mon
enfant, répliqua Yvert en regardant Norine avec
surprise, puis il ajouta : — Je connais moi-même
Bigarreau, nous sommes du même pays, et je
viens de le visiter.

La figure de la jeune fille s'éclaira.

— Ah! s'écria-t-elle, comment est-il?

— Il est au lit.. malade.

Norine devint très pâle ; ses lèvres se crispaient et ses yeux noirs roulaient des larmes.

— Je voudrais le voir ! dit-elle d'une voix
brusque au fond de laquelle on sentait un
sanglot.

Yvert connaissait la sévérité des règlements
de la prison, et il n'osa pas leurrer Norine, mais
la douleur concentrée de la jeune fille l'avait
ému. Il lui promit de parler au directeur et

d'essayer d'obtenir une permission pour l'un des jours suivants.

— J'espère que d'ici là Bigarreau ira mieux, ajouta-t-il; revenez dans deux ou trois jours.

— C'est que, murmura-t-elle, je suis seule au chantier avec le père et je ne voudrais m'absenter qu'à coup sûr, à cause de la besogne... Si c'était un effet de votre bonté de me prévenir du jour où je pourrai le voir?... Nous demeurons dans la vente du Val-Serveux... Je m'appelle Norine Vincart.

— C'est bien, Norine, j'irai vous rendre la réponse moi-même.

— Mille fois merci, monsieur!... Elle s'arrêta; un nouveau sanglot crispa ses lèvres. — Mais vous le verrez, vous, monsieur, n'est-ce pas? — Elle tira de son corsage un petit bouquet de bruyères roses et le tendit au garde général : — Remettez-lui ça de la part de Norine... Dites-lui que je les ai cueillies à la Fontenelle, et que je l'embrasse...

Le garde général prit le bouquet et promit de s'acquitter du message. Norine renfonça ses larmes:

— A vous revoir, monsieur, et à bientôt des nouvelles, n'est-ce pas?

Et elle s'enfuit dans la direction de Germaine.

Le lendemain, Bigarreau allait au plus mal, et un gardien vint prévenir Yvert que le n° 24 demandait à lui parler. Il ajouta que la chose pressait, car on s'attendait à ce que le détenu ne passerait pas la nuit.

Yvert courut à l'infirmerie. Le malade n'avait plus le délire, mais il était très affaibli, l'oppression augmentait, et il respirait difficilement. Quand la sœur l'eut averti de la présence de son compatriote, qu'il reconnut cette fois, il eut encore la force d'ébaucher avec sa lèvre inférieure sa grimace habituelle.

— Pas de chance ! murmura-t-il de sa voix sifflante... Si j'avais eu seulement cinq minutes, je gagnais le grand bois et je me moquais d'eux !... Maintenant mon compte est réglé, m'sieu, je ne reverrai pas le clocher de Villotte...

— Mon pauvre Bigarreau, interrompit le garde général, tu es jeune et fort, tu t'en tireras.

Le garçon fit des paupières un signe négatif.

— Parlons d'autre chose, reprit Yvert; je suis chargé d'une commission pour toi de la part d'une brave fille que tu as connue au Val-Serveux, et qui ne t'oublie pas.

— Norine? demanda tout bas Bigarreau, dont l'œil vitreux s'était soudain rallumé... Vous l'avez vue?

— Oui, repartit le forestier en tirant de sa poche les bruyères roses; voici des fleurs qu'elle a cueillies pour toi à la Fontenelle... et elle t'embrasse.

Bigarreau saisit le bouquet, le porta à ses lèvres et à ses narines, comme pour y respirer quelque chose du baiser de Norine et de l'odeur des bois, puis ses yeux se mouillèrent.

— Chère fille!... Il y a encore de bonnes gens au monde, m'sieu Yvert, et si j'étais resté près d'elle, là-bas, j'aurais pu comme un autre devenir un honnête homme .. Je commençais déjà à changer de peau, mais le gardien-chef m'est tombé dessus, et .. fini le bon temps! Je ne verrai plus Norine, mais je vous demande en grâce, m'sieu Yvert, de lui porter aussi un souvenir venant de moi... Passez-moi ma veste, là, au pied du lit...

Il fouilla lentement les poches et en tira un couteau à manche de buis, un de ces couteaux de pâtre qu'on nomme des eustaches.

— Vous lui donnerez mon couteau, reprit-il... Je sais bien que c'est un pauvre cadeau... On prétend que ça coupe l'amitié... Mais, dans la circonstance, il n'y a pas de crainte... Quand vous le donnerez à Norine, la *camarde* m'aura déjà coupé le fil à moi-même.

Le garde général essayait en vain de le rassurer.

— Non, non, répéta Bigarreau, je ne me mets pas le doigt dans l'œil, c'est moi qui étrennerai le cimetière où je faisais des terrassements!... Je vous avais bien dit que je ne finirais pas mon bail!... Que soit, ce n'est pas une façon agréable de s'en aller!... Le gardien-chef tapait dur, si dur que j'emporterai avec moi la marque de ses *patoches*... Pour en revenir à Norine, quand vous la reverrez, inutile de lui parler de mort et de cimetière... Elle aura déjà assez de peine sans ça!... Vous lui donnerez le couteau, vous l'embrasserez et vous lui direz tout bonnement qu'on m'a emmené quelque part, bien loin, où je serai beaucoup mieux ..

et que je suis parti en pensant à elle... Voilà ce que vous lui direz, et vrai, ça ne sera pas des blagues, m'sieu !

Un accès de toux lui coupa la parole, et la sœur congédia le garde général, qui s'éloigna après avoir embrassé son compatriote.

Le lendemain, Yvert se dirigeait tristement vers la vente de Val-Serveux. Quand il eut traversé la combe de la Fontenelle et longé le ruisseau, il aperçut à mi-côte la hutte du père Vincart et s'avança vers le chantier, en s'efforçant de mettre sur son visage assez de sérénité pour en imposer à Norine. Elle l'avait reconnu de loin et elle accourait.

— Hé bien ? demanda-t-elle, haletante.

— Il est mieux, répondit laconiquement le garde général ; il ne souffre plus.

Il lui en coûtait de tromper la jeune fille, mais il songea qu'il exécutait les dernières volontés de Bigarreau et que, dans la simplicité de son cœur, le pauvre diable avait jugé que ce mensonge serait moins cruel pour Norine.

— Ah ! merci ! s'écria-t-elle en respirant longuement, et pourrai-je bientôt le voir ?

— Hélas ! non, mon enfant... Le médecin a ordonné qu'on le change d'air, et on l'a emmené loin d'ici... dans son pays... Il est parti ce matin.

Les yeux de Norine étaient pleins de grosses larmes.

— Parti ! balbutia-t-elle, je ne le verrai plus ?

— Il a bien pensé à vous, poursuivit le garde général... Avant de s'en aller, il m'a prié de vous donner ceci.

Il lui tendit le couteau. Norine le prit et le serra nerveusement dans ses doigts.

— Il m'a chargé aussi de vous embrasser pour lui.

Alors elle se mit à sangloter en lui tendant sa figure hâlée, et il la baisa sur le front.

— Enfin, soupira-t-elle, si c'est pour son bien !... Vous me jurez qu'il sera mieux là-bas ?

— Je vous le jure !

Et il ne mentait pas le garde général... Dans le nouveau cimetière, à l'orée du bois, où les retombées des grands hêtres ombrageaient sa fosse, Bigarreau était « mieux ». Il y goûtait un repos absolu, que les mauvais rêves et les *pato-*

ches de la centrale ne pouvaient plus jamais troubler.

LA

PAMPLINA

PAMPLINA

I

VERS la fin de décembre 1839, ma petite ville reçut la visite de cinq prêtres espagnols, réfugiés en France et compromis dans les dernières échauffourées carlistes qui suivirent la convention de Bergara. Comment ces débris des bandes navarraises étaient-ils venus s'échouer dans le Barrois, à deux cent trente lieues des Pyrénées? Je ne me l'explique

pas encore bien aujourd'hui. Je suppose qu'un
comité d'émigration, établi à Paris, dirigeait
les fugitifs, au fur et à mesure, vers les
provinces où ils avaient chance de trouver aide
et assistance de la part de quelques familles
royalistes. Le fait est que Villotte en eut cinq
pour sa part, et ce ne fut pas un mince événe-
ment dans cette ville casanière que l'arrivée de
ces étrangers à la figure basanée, coiffés du
grand chapeau de Basile, vêtus de soutanes en
loques, et s'exprimant dans une langue que personne ne comprenait. Les vieux légitimistes de
l'endroit et quelques familles dévotes de la bourgeoisie se firent un point d'honneur de donner à
ces proscrits le vivre et le couvert. Il advint
ainsi que l'un d'eux fut logé chez de pieuses filles,
nos voisines, couturières de leur métier et
doyennes de la congrégation du Rosaire. Dès le
lendemain de l'installation du prêtre espagnol,
je me faufilai dans la cour des couturières, et,
avec l'impudent aplomb d'un gamin, indiscret
comme une mouche, j'eus vite fait la connaissance de don Palomino Palacios.

C'était un homme d'une cinquantaine d'années, brun, vif, trapu et carré des épaules. Ses

cheveux plats étaient encore d'un noir luisant,
son visage rasé laissait voir l'ossature puissante
de ses mâchoires massives ; une cicatrice trans-
versale couturait l'une de ses joues, et, sous
d'épais sourcils qui se rejoignaient, des yeux
couleur café illuminaient son teint olivâtre. Le
regard avait de temps à autre un éclat pareil au
feu qui allume les prunelles d'un chat sauvage,
mais la bouche aux grosses lèvres gourmandes
exprimait la bonhomie. Don Palomino était, en
effet, bonhomme à ses heures, fumant des cigarettes du matin au soir et jouant supérieurement
des castagnettes. Au bout de peu de jours, il
me prit en affection, nous devînmes une paire
d'amis, et il se mit en tête de m'apprendre l'espagnol, afin d'avoir quelqu'un à qui parler. A
treize ans, quand on est doué d'une bonne
mémoire, on apprend vite, et, grâce à la mé-
thode de l'abbé Palacios, je fis de rapides progrès. Six mois après, je possédais assez bien le
castillan pour lire les livres peu nombreux qui
composaient la bibliothèque de don Palomino et
pour comprendre les verbeux récits de l'ancien
guerillero, qui aimait fort à raconter ses exploits.
Dès que la différence des langues ne mit plus

d'obstacle entre nous, notre intimité devenant plus étroite, le prêtre s'abandonna plus complètement à son besoin d'expansion et de familiarité. Je fus bientôt au courant de son histoire. — Il était né à Cordoue et avait été d'abord vicaire à Peñaflor, un gros bourg d'Andalousie, situé sur la route de Séville. Quand don Carlos était entré dans les provinces basques, don Palomino, fougueux royaliste, avait planté là son vicariat de Peñaflor et s'était enrôlé dans l'armée de Zumalacarregui. Il avait servi ensuite sous Elio et Balmaseda, et n'avait lâché pied en Navarre que lorsque la partie avait été irrémédiablement perdue, par suite de la défection du général Maroto.

En dépit de son habit ecclésiastique et de son caractère sacré, il avait, je crois, plus d'un méfait sur la conscience, et, quand il parlait de sa vie de soldat, l'œil allumé, les sourcils froncés, le geste violent, je vous réponds qu'on ne songeait point à plaisanter. Il avait une façon de narrer crûment et naïvement les choses les plus atroces qui me remuait des pieds à la tête. — Un jour, il s'était vu dans l'obligation de faire fusiller un officier christino qui avait été jadis son camarade de séminaire.

— Avant de mourir, me contait tranquille-
ment Palacios, le malheureux demanda à me
parler, et, me rappelant notre ancienne amitié,
me supplia de le sauver. « Impossible, lui répondis-je ; dans cette guerre, il n'y a plus de parents
ni d'amis. Les ordres de Zumalacarregui sont
formels ; serais-tu mon père, tu y passerais. » Et
je l'envoyai tuer : *y le mandé matar*, acheva-t-il en
roulant sa cigarette.

Je sentais une chair de poule me courir le
long de l'échine, et j'étais devenu très pâle.
Don Palomino remarqua mon trouble, et, al-
lumant sa cigarette, il ajouta en manière
d'excuse :

— Quand les chefs ordonnent, il n'y a plus
qu'à obéir.

Pour faire diversion à ces terribles histoires, il
me vantait sa province : le beau ciel d'Andalousie
« tout vêtu d'azur, » les jardins plantés de ci-
tronniers et d'orangers et les tièdes nuits embau-
mées de l'odeur de ces arbres, où les fruits mû-
rissent à côté des fleurs. Alors, grisé par le
ressouvenir, il décrochait sa guitare, et, d'une
voix gutturale, il me chantait des *soleares* et des
seguiryas. Ses yeux bruns étincelants devenaient

6

humides tandis qu'il répétait, sur un air doux comme une berceuse :

> Sebiya del alma mia *
> Sebiya de mi consuelo !...

On eût dit que tout à coup la petite chambre froide, pauvrement meublée, mal éclairée par une fenêtre donnant sur une cour étroite, lui paraissait pleine de soleil, et, se promenant de long en large, sa guitare entre les bras, il reprenait d'une voix éclatante, qui devait plonger dans la stupéfaction ses dévotes hôtesses :

> Primero que te olbide **
> Sebiya la beya,
> Echaran los olibos
> Limones agrios !...

L'accent dont cet exilé disait cela vous tirait les larmes des yeux.

L'été de 1840 trouva Palomino Palacios tout à fait acclimaté à Villotte. Il était attaché comme prêtre habitué à la paroisse Notre-Dame ; plu-

---

* Séville de mon âme, — Séville, ma consolation !

** Avant que je t'oublie, — Séville la belle, — les oliviers porteront — des citrons aigres !

sieurs familles riches l'accueillaient amicalement,
et il avait toujours chez elles son couvert mis ; de
plus, les nombreuses messes qu'on le chargeait
de dire pour les âmes défuntes du voisinage suf-
fisaient à le défrayer, car il était sobre et modeste
dans ses goûts. Nous continuions ensemble notre
étude de la langue espagnole ; j'étais devenu
assez fort pour soutenir une conversation et comprendre parfaitement les propos qui s'échan-
geaient autour de moi, quand ses collègues et
compatriotes venaient jouer au *tresillo* dans sa
chambre.

Un jeudi du mois d'août, j'étais chez mon
ami l'Espagnol. Je me rappelle qu'il faisait très
chaud ; par la fenêtre entr'ouverte j'entendais les
voix bourdonnantes des ouvrières de l'atelier,
pénétrant dans la pièce avec l'odeur savoureuse
des confitures de mirabelles que les patronnes
étaient en train de confectionner. Étendu dans
son fauteuil, les mains jointes sur ses genoux et
les pouces superposés, don Palomino faisait la
sieste, et moi, assis dans l'embrasure de la fenêtre, je lisais *el Ingenioso Hidalgo don Quijote.*
J'en étais à l'histoire de « la fameuse infante de
Micomicon, » lorsque la porte s'ouvrit, et je vis

s'encadrer dans le chambranle un étrange et
maigre jeune homme qui me rappela l'apparition
de Cardenio à don Quichotte dans la sierra
Morena. Ce visiteur pouvait avoir vingt-cinq ans.
Il était svelte et frêle ; son visage, émacié par
les privations ou quelque récente maladie, était
exsangue, et dans cette pâleur livide luisaient
d'un éclat fiévreux deux yeux noirs profondément enfoncés sous l'orbite. Le front carré et
puissant, le nez aquilin, la bouche fine aux lèvres
décolorées, la face allongée, remarquable par le
développement des maxillaires et du menton que
bleuissait une barbe de huit jours, avaient quelque chose d'attirant et d'inquiétant à la fois.
Une soutane râpée et blanchie aux coutures,
enveloppant comme un étroit fourreau le corps
amaigri, tombait à plis droits sur un pantalon
noir effrangé et sur des bottes percées.

— Don Palomino Palacios ! dit-il d'une voix
douce et grave.

Aux sons de cette voix, l'abbé, qui somnolait,
tressaillit, se frotta les yeux, puis, brusquement
se leva d'un bond et courut embrasser le visiteur.

— *Ay*, Ramon Olavidé ! s'écria-t-il à travers
ses embrassades. D'où viens-tu, *hijo querido?*

— Tout droit de Perpignan, répondit Ramon Olavidé en se laissant choir dans l'unique fauteuil de l'abbé ; j'y suis arrivé avec les débris de l'armée de Cabrera... A Paris, j'ai su que vous étiez ici, *señor vicario*, et j'ai voulu revoir une dernière fois le seul ami qui me reste.

— *Niño mio* ! reprit le prêtre en le couvant des yeux, tu as bien fait... Mais tu as l'air rompu de fatigue... Attends ! attends !

Il alla dénicher dans une armoire une bouteille d'alicante, don pieux d'une dévote, posa deux verres et quelques biscuits sur la table, qu'il plaça entre lui et le jeune prêtre ; puis, remplissant les verres, il leva le sien en s'exclamant d'une voix chaude, avec une exaltation de fanatique :

— *Viva Carlos quinto ! viva la religion !*

A quoi le señor Ramon Olavidé répondit par un sourire découragé ; puis, ayant trempé avidement ses lèvres dans le vin de son pays, il reposa son verre en poussant un soupir.

— Je vois, continua don Palomino en appliquant sa main sur la manche de son compatriote, je vois que tu as été de mon avis... Tu as pensé qu'un loyal Andalous doit faire son devoir coûte que coûte et que la robe du prêtre n'est

6.

pas un obstacle à la défense d'une sainte cause.

— Hélas! répondit l'autre en rougissant, cet habit n'est pas le mien... Je ne l'ai revêtu que pour échapper aux poursuites et passer sûrement la frontière... Je ne suis pas prêtre, señor Palacios; je ne suis qu'un misérable pécheur.

— *Ave Maria purissima!* s'écria l'abbé en joignant les mains; que s'est-il donc passé?... Quand je t'ai quitté, on allait te conférer le sous-diaconat... Quel maléfice a perverti mon élève, la fleur du séminaire, celui qu'on appelait *el santo?*... Quel détestable tentateur t'a jeté hors de la voie de Dieu?

— Une femme, don Palomino, répondit le jeune homme en baissant les yeux.

— Caramba! s'écria l'ancien guerillero en frappant du poing la table, ce sera donc toujours la même histoire?... Le proverbe aura toujours raison : « L'homme est de l'étoupe, la femme du feu; vient le diable qui souffle * ! » Et où avais-tu donc rencontré la diablesse qui t'a

---

* El hombre es stopa,
La muger es fuego;
Viene el demonio y sopla.

perdu? Conte-moi ton aventure, mon fils ; con-
fesse-toi à ton vieux maître...

Ils étaient si émus de se retrouver et leurs
pensées à tous deux étaient tellement tournées
vers les souvenirs de leur lointain pays natal,
qu'ils ne semblaient pas s'apercevoir d'un tiers ;
moi, tapi dans mon embrasure, avec le rideau
de cretonne me retombant sur le dos et mon
livre sur les genoux, je me faisais petit et silencieux pour qu'on m'oubliât, mais je ne perdais
pas une seule de leurs paroles. Encore que j'en
saisisse parfaitement le sens littéral, je n'étais pas
alors assez avancé en âge pour en comprendre
toujours l'exacte signification ; mais elles restè-
rent gravées dans ma mémoire, et maintenant
que je suis moins novice, l'entretien des deux
réfugiés se reconstitue dans ma tête avec toute sa
couleur dramatique et toute l'importance des
moindres détails.

Je vois encore, comme si j'y étais, la pièce car-
relée, fraîche et ombreuse ; les deux Espagnols
ayant entre eux la table de bois noir ; les verres
à demi remplis, où un mince filet de soleil mettait en lumière la teinte topaze du vin d'Espagne ;
don Palomino, accoudé, appuyant son menton

carré sur sa main velue et fixant ses gros yeux
bruns sur don Ramon ; et celui-ci, tenant machinalement son verre dans ses doigts maigres,
tandis que son corps frêle se balançait contre le
dossier du fauteuil et que le damas rouge fané de
ce meuble faisait ressortir la pâleur de sa longue
tête couronnée de touffes de cheveux noirs. Ses
grands yeux tristes promenaient çà et là leurs
prunelles sombres, regardant sans les voir les
articles peu nombreux du pauvre mobilier de
l'abbé Palacios : le lit à rideaux de cotonnade
rouge, la petite étagère pleine de livres, surmontée d'une statuette de la Vierge del Pilar,
puis la guitare et les castagnettes accrochées au
mur.

Ramon Olavidé souleva son verre, y trempa
de nouveau ses lèvres violacées, puis, se renfon-
çant dans le fauteuil, il commença lentement sa
confession.

II

ORSQUE nous nous sommes vus pour la dernière fois à Peñaflor, mon père était encore de ce monde, et je venais prendre congé de vous avant de rentrer au séminaire. J'étais alors dans toute la ferveur de ma vocation. Mon imagination échauffée et une tendance naturelle à tout pousser à l'excès m'inclinaient vers un mysticisme exalté. J'avais un profond dédain pour les beautés du monde extérieur et les satisfactions de la chair; il me semblait, comme la sainte d'Avila, entendre au fond de moi une voix mystérieuse et divine murmurer : « Je ne veux plus que tu converses avec les hommes, je t'ai prédestiné aux entretiens des anges. » S'il vous en souvient, vous vous

efforciez de me mettre en garde contre cette
piété exagérée.

— Oui, interrompit l'abbé Palacios, je te rap-
pelais le mot du Français Pascal : « Qui veut
faire l'ange fait la bête ; » j'ajoutais qu'en s'éle-
vant trop au-dessus de cette terre où l'on est
condamné à vivre, on s'expose à des chutes
piteuses...

— J'aurais dû vous écouter, mais j'étais dans
l'âge où la présomption nous enivre comme un
vin pur et je me croyais appelé à recommencer
les édifiantes et miraculeuses prouesses des
saints dont je lisais la vie. Je rentrai au séminaire, je reçus les ordres mineurs et c'est alors
qu'insensiblement je devins la proie du péché qui
perdit les anges eux-mêmes, du péché d'orgueil.
L'exercice du sacerdoce dans les conditions ordi-
naires, c'est-à-dire dans un bourg ou une petite
ville de ma province natale, me parut indigne de
mon mérite. J'ambitionnai une carrière plus
active et plus féconde, et je fus pris du désir
d'aller comme missionnaire propager la foi
parmi les populations de l'extrême Orient. L'esprit du mal m'insinua en même temps que, pour
être à la hauteur de cette mission, je devais pos-

séder des connaissances historiques et scientifi-
ques plus étendues que celles qu'on pouvait me
donner au séminaire. Je cédai à cette diabolique
suggestion et j'obtins de mon père, ainsi que de
l'évêché, l'autorisation de quitter provisoirement
Ecija pour suivre les cours de l'université de
Séville.

J'avais vingt et un ans sonnés, et plein de
cette aveugle confiance que donne la jeunesse,
je me lançai dans les études profanes et la vie
laïque, sans croire un moment que mon âme pût
être mise en péril par des tentations dont je
n'avais même pas idée. J'allai me loger, non
loin de l'université, calle Dados, dans une *casa
de pupilos* (maison de pensionnaires) qui m'avait
été recommandée par un prêtre et qui était tenue
par une veuve, nommée Josefa Gutierrez. Cette
veuve, brodeuse de son métier, avait un petit
magasin où elle travaillait toute la journée avec
sa fille, Manuelita, qui courait sur ses dix-huit
ans, et deux ouvrières qui n'étaient guère plus
âgées. Vous me direz que, pour un homme dé-
taché des choses d'ici-bas et voué aux contem-
plations mystiques, j'avais singulièrement choisi
mon logis ; mais cela prouve justement combien

étaient grands mon dédain et mon inexpérience
des détails de la vie pratique. D'ailleurs, la señora
Gutierrez avait une réputation d'honnêteté bien
établie, et j'avais été guidé dans mon choix par
la tranquillité de la maison et la modicité de la
pension. Pour trois pesetas par jour, j'occupais
une vaste pièce au premier étage et j'avais
mon couvert aux trois repas qui composaient
l'ordinaire de la famille. Mes commensaux
étaient un jeune abbé, celui précisément qui
m'avait recommandé la *casa* de la veuve, un médecin, un étudiant comme moi et un vieil officier
en retraite.

Dans les premiers temps de mon installation,
je ne voyais guère mes hôtesses et les autres pensionnaires qu'à table. J'étais complètement absorbé par mes nouvelles études, et, quand j'avais
un moment de liberté, je le consacrais à de
pieuses stations à la cathédrale. Que d'heures
d'extase d'une suavité indicible j'ai passées à
cette époque, agenouillé sur les degrés de la
chapelle du baptistère, en face du Saint-Antoine
de Padoue de Murillo! Une ombre pacifiante
tombait autour de moi des lointaines hauteurs de
la nef et m'enveloppait dans une nuit de recueil-

lement, où la toile du grand peintre semblait
seule éclairée par une divine lumière. En esprit
je m'identifiais avec le saint, je vivais sa vie dans
l'austère cellule où sa foi robuste s'épanouissait,
pareille à ces lis que l'artiste a fait fleurir dans
un coin du tableau. Comme lui, ébloui et pros-
terné, je tendais les bras vers cette glorieuse
lumière autour de laquelle des anges formaient
un nimbe vivant, et il me semblait que l'Enfant-
Jésus souriant descendait aussi vers moi, de nuée
en nuée, attiré par la force de mes prières...
Encore étourdi de ce ravissement céleste je sortais par la porte *du Pardon*, et, longeant la place
del Triunfo, je regardais avec des yeux en-
thousiastes la tour svelte et aérienne de la Giralda
monter dans un ciel d'un bleu immaculé, au-
dessus de l'enchevêtrement touffu des campa-
niles, des arcs-boutants, des créneaux et des galeries dentelées de l'immense cathédrale. —
Lorsque, redescendu de cette idéale envolée en
plein azur mystique, je me retrouvais sur terre et
sur le chemin de mon quartier, j'étais étonné et
presque choqué de la gaîté bruyante des rues
que je traversais. La calle Dados, avec ses boutiques grouillantes d'acheteurs, les étoffes aux cou-

7

leurs vives flottant aux piliers des magasins, les
miradors entr'ouverts, d'où s'échappaient des
éclats de rire et des fredons de guitare, les coups
de soleil à travers les toiles tendues d'une maison
à l'autre, me produisaient une impression pénible,
quelque chose comme l'agacement d'une note
discordante au milieu d'un concert délicieuse-
ment harmonieux.

Et voyez l'inconséquence de la nature humaine!
malgré mes répugnances et mes dédains, je su-
bissais peu à peu l'influence dissolvante du
milieu profane dans lequel je vivais. Tout en se
fermant pour ainsi dire aux impressions de l'extérieur, mes sens les recevaient en dépit d'eux-
mêmes et s'y accoutumaient. Cette joie de vivre,
éparse subtilement dans l'air de Séville ; cette al-
légresse de la rue, cette fête sensuelle des yeux
que donnent partout les fleurs des jardins, les
toilettes des femmes, l'élégance des *patios* entre-
vus à travers les grilles des maisons, et même les
somptuosités des cérémonies religieuses, tout
cela me pénétrait peu à peu et me modifiait à
mon insu. Par d'insensibles acheminements j'en
vins à respirer avec une dangereuse délectation
l'odeur des orangers de la place del Triunfo, à

écouter sans ennui une musique de danse, et je
me surpris à suivre d'un œil curieux les ouvrières
qui passaient dans la rue, le châle serré autour
de la taille, l'accroche-cœur sur la joue et une
rose dans les cheveux.

C'est ainsi que, peu à peu, après d'impercep-
tibles transactions de conscience et de sourdes
infiltrations de sensualité, j'en arrivai à me mêler
davantage à mes commensaux, à me moins cho-
quer de leurs habitudes de dissipation et à prendre du goût même à certains de leurs plaisirs. Le
soir, les pensionnaires se réunissaient dans le
patio de la señora Gutierrez, et l'on y passait
quelques heures à chanter et à regarder danser
les ouvrières. L'abbé lui-même était de ces réunions ; il les tenait pour innocentes ; ce fut lui
qui me décida à y assister en me remontrant
qu'avec mes affectations de sauvagerie, j'indispo-
sais contre moi nos commensaux et je mortifiais
cruellement la señora Gutierrez.

Chez nous, vous le savez aussi bien que moi,
le clergé jouit d'une liberté qu'on ne tolérerait
pas dans les pays du Nord. Nos ecclésiastiques
peuvent se mêler familièrement aux laïques,
s'asseoir à la table d'un café, se promener sur

l'Alameda en compagnie des dames, et même
assister aux réunions de famille, aux *tertulias*,
où l'on fait de la musique et où les jeunes filles
de la maison exécutent des danses nationales, ce
qui, en France, serait regardé, je crois, comme
tout à fait scandaleux.

— Pour sûr, s'écria l'abbé Palacios, on est ici
d'une rigidité inconcevable sur le chapitre de la
tenue, et l'autre jour j'ai été rudement tancé par
le curé de ma paroisse pour avoir fumé une cigarette dans la sacristie !... Affaire de mœurs et de
climat... En-deçà comme au delà des Pyrénées,
le diable n'y perd et n'y gagne rien...

— Donc, poursuivit Ramon, je ne me tins
plus à l'écart, et, de même que mes commensaux, je fréquentai le *patio* de la señora Gutierrez, où, chaque soir, on se réunissait en attendant l'heure du souper. Le médecin jouait de la
guitare, et les ouvrières dansaient en faisant
sonner leurs castagnettes. La fille de la maison,
Manuelita, était surtout remarquable par la grâce
et la légèreté de sa danse. On ne pouvait pas
dire qu'elle fût très jolie, mais elle était bonne
enfant, et ses yeux d'un bleu noir avaient une
pureté virginale qui manque souvent au regard

trop allumé et trop hardi des femmes de Séville.
Feu Gutierrez, son père, était né à Valence, et
elle tenait de lui ces beaux cheveux blonds des
Valenciennes qui accompagnent si bien leur teint
blanc et leur mine souriante. Au bout de deux
semaines, je crus m'apercevoir qu'elle préférait
ma société à celle des autres pensionnaires et
que mes façons plus réservées m'avaient précisément gagné sa sympathie.

Cette sympathie se manifestait par de déli-
cates attentions dont j'avais seul le privilège.
Chargée de l'entretien de ma chambre, Manuelita s'acquittait de ce soin avec un zèle minu-
tieux, et quand j'y rentrais, aux heures de travail, je ne manquais pas de trouver sur ma table
un verre plein de roses ou d'œillets dont elle
était allée faire emplette au marché, dès la première heure ; elle devinait mes plats préférés et
elle s'arrangeait pour que sa mère les fît entrer
dans la composition du menu de chaque jour.
Parfois, dans nos réunions du soir, quand, absorbé par une de mes méditations, je semblais
oublier le milieu dans lequel je me trouvais, si
je relevais brusquement la tête, je rencontrais
les yeux bleus de Manuelita en train de se fixer

sur moi; mais à peine nos regards s'étaient-ils
croisés, que, honteuse d'être surprise, la jeune
fille perdait contenance ; ses longs cils bruns
s'abaissaient sur ses joues rondes et pleines, son
teint, ordinairement d'un blanc mat de fleur de
jasmin, se nuançait de rose et elle tenait obstiné-
ment ses yeux braqués sur la pointe de ses petits
souliers de satin.

J'étais si peu infatué de ma personne que je
m'inquiétai à peine de ces premiers symptômes
de la passion. Si j'avais eu la clairvoyance d'un
jeune homme élevé dans le monde, je n'aurais
pas hésité, je vous l'assure, à couper court à
cette affection dangereuse, en quittant la maison
de la señora Gutierrez ; mais j'étais encore dans
l'effervescence de mes rêves d'apostolat et rien ne
rend égoïste comme une idée fixe. Étant resté
jusque-là insensible aux émotions charnelles, je
n'attachais aucune importance à ce que je regardais comme un simple enfantillage, et je continuais de traiter Manuelita comme une aimable
petite fille, dont je reconnaissais de temps à
autre les soins affectueux par le cadeau d'un
chapelet ou d'une image de piété qu'elle serrait
précieusement dans son livre d'heures. Pourtant,

si, au lieu de me perdre dans mes nuages mystiques, j'étais descendu en moi-même, j'aurais
reconnu dans les secrets replis de mon cœur ce
limon de perversité qui repose au fond de toute
âme humaine et qui est comme le résidu de la
souillure originelle. Bien qu'il ne germât en moi
aucun désir coupable, je n'en éprouvais pas moins
une blamâble et secrète douceur à me sentir enveloppé de cette enfantine tendresse ; je me lais-
sais gâter et choyer sans remords, et, trop con-
fiant dans mon impeccabilité, je respirais étour-
diment cette odeur d'amour qui s'exhalait des
moindres gestes, des moindres paroles de la señorita, avec une suavité pareille à celle des roses
dont elle ornait ma table de travail

Cette égoïste et cruelle indolence d'une âme
qui se complaît dans le voisinage du péché, tout
en se flattant de ne point s'en laisser souiller,
renfermait en elle-même son propre châtiment.
On ne vit pas impunément dans une semblable
atmosphère sans en ressentir les effets, même à
son insu. Ces gâteries féminines, ces parfums de
fleurs cueillies pour moi ; la musicale douceur
de cette voix de jeune fille chantant dans un
coin de la boutique des chansons andalouses,

dont les paroles passionnées arrivaient jusqu'à
ma chambre de travail ; la vue de Manuelita
montant ou descendant l'escalier de la maison
avec la grâce souple et la pétulance de ses dix-
huit ans, toutes ces choses amollissaient peu à
peu ma volonté, dissipaient mon esprit, ralen-
tissaient les élans de ma foi religieuse, et, sans
que je m'en aperçusse, me prédisposaient à suc-
comber à la tentation, dès que le Malin voudrait
se donner la peine de me tenter.

Un dimanche de carême, je revenais de la cathédrale après les vêpres. Le printemps avait été
précoce, il faisait beau temps et la chaleur était
déjà très forte. Fatigué par une longue station à
l'église et par la vivacité du soleil de mars, je
me hâtais de regagner ma chambre, où je
comptais achever la journée en lisant saint Au-
gustin. Arrivé à la maison de la señora Gutierrez, je pousse la grille et j'entre dans le *patio*
frais et silencieux. Une toile tendue au-dessus de
la galerie intérieure du premier étage y tamisait
doucement la lumière, — blonde et dorée au
centre, où se trouvaient des plantes vertes et de
petits orangers ; puis voilée et presque bleue sous
les colonnes de la galerie. — Le calme délicieux

qui y régnait n'était interrompu que par l'égout-
tement sonore d'une fontaine établie dans un
angle. Ébloui par la grande clarté de la rue, je
ne distinguai d'abord que confusément les objets ; puis, une exclamation partie d'une sombre
encoignure opposée à celle de la fontaine, me
fit apercevoir Manuelita à demi masquée par les
feuillages de quelques pots de myrtes et de lauriers-tins. Elle était occupée à emplir de roses et
de renoncules des vases placés devant une sorte
d'oratoire où se dressait une statuette de la
Vierge, parée d'une robe de brocart bleu et argent. Elle se retourna vers moi et me montra sa
figure ronde toute couronnée de cheveux blonds
crêpelés, tandis que ses yeux s'éclairaient d'un
sourire.

— Je vous croyais sortie, Manuelita, lui dis-je
en passant.

— Non pas, ces messieurs ont emmené ma
mère à la *corrida*, mais j'ai mieux aimé me
passer des taureaux que d'être mangée par ce
grand soleil, et je suis restée pour garder la
maison.

— Vous avez eu raison, la chaleur est acca-
blante.

7.

— N'est-ce pas?... Et puis j'aurai le plaisir de
vous tenir compagnie.

— Merci, je vais remonter chez moi pour
achever une lecture commencée.

— Bah ! vous étudierez demain !... D'ailleurs,
vous avez l'air fatigué.

En effet, grisé par la chaleur du dehors, je
m'étais appuyé à l'une des colonnes du patio,
comme un homme qui n'en peut plus.

— Voulez-vous, continua-t-elle, que je vous
prépare un verre d'eau de fraises ?

— Volontiers.

Elle s'était élancée gaîment dans une pièce
voisine ; elle en revint peu après avec un grand
verre d'eau glacée, dans lequel ses doigts broyè-
rent un de ces *refrescos*, au suc de fraises, qui se
fabriquent spécialement à Séville. Une fois la
boisson préparée, elle posa le verre devant moi
sur un guéridon, en me faisant une espiègle révérence.

Je vidai le verre à moitié, et, tout en la re-
merciant, je remarquai un détail singulier de sa
toilette. Elle était vêtue de noir, comme presque
toutes les Sévillanes de la bourgeoisie, mais elle
portait, épinglé sur le côté gauche de son corsage,

un ruban violet retenu par un cœur d'argent
percé de flèches.

— Que veut dire ceci? lui demandai-je en
désignant du doigt ce détail de son ajustement.

Elle rougit légèrement et répondit avec un
grand sérieux :

— C'est un vœu... J'ai promis à Notre-Dame
des Sept-Douleurs de porter pendant une année
les couleurs de son couvent, si elle m'accorde ce
que je lui ai demandé.

— Et qu'avez-vous demandé à la très sainte
Vierge, Manuelita?

Elle me lança un regard rapide ; puis, baissant
les yeux :

— C'est mon secret, don Ramon.

— Voyons, mon enfant, murmurai-je en lui
prenant les mains, vous pouvez bien le confesser
à un prêtre.

Elle hocha la tête, avec un malicieux sourire
au coin des lèvres :

— Prêtre ? Vous ne l'êtes pas encore ! répliqua-t-elle.

Elle avait laissé ses mains dans les miennes ;
elle hésita un moment et reprit d'un ton boudeur :

— Il s'agit d'un jeune homme que j'aime et
que je voudrais avoir pour *novio*... malgré...

— Malgré votre mère, Manuelita ?

— Non, ce n'est pas cela... malgré la promesse qu'il a faite d'être d'église...

Elle m'avait retiré ses mains et en couvrait
maintenant ses joues brûlantes.

Embarrassé de cette confidence, j'avais trempé
machinalement mes lèvres dans le verre d'eau
de fraises, puis je l'avais reposé sur le guéridon et je m'étais levé. Tout en marchant,
mes yeux se fixèrent, par hasard, sur un miroir accroché en face de moi à l'une des parois
du patio, et tout à coup, dans cette glace, je vis
Manuelita, avec un mouvement à la fois enfantin et passionné, prendre le verre, poser ses
lèvres à la place que les miennes venaient de
quitter et avaler rapidement le reste de ce qu'il
contenait.

— Mon enfant, dis-je d'une voix grave en me
retournant brusquement, il ne faut pas faire de
vœux à la légère... Le vôtre est indiscret, et
Notre-Dame ne l'exaucera pas.

La figure si gracieuse de la jeune fille se con-
tracta, je vis ses beaux yeux s'emplir de larmes ;

puis, tout à coup, elle éclata en sanglots et s'enfuit.

Cette fois c'était bien clair, elle m'aimait...
Pauvre fille ! Quel différent tour aurait pu prendre ma vie, pourtant, si au lieu de laisser partir
Manuelita toute noyée de larmes, je lui avais
tendu les mains et promis d'être pour elle le *novio*
demandé à Notre-Dame. Nous nous serions
mariés, j'aurais quitté Séville et nous serions
allés vivre à Peñaflor. J'aurais cultivé le domaine
dont la mort de mon père m'avait laissé posses-
seur l'an d'auparavant; au lieu d'errer comme un
proscrit, n'ayant plus de goût à rien au monde,
je serais à cette heure un paisible campagnard,
père de famille, et je regarderais de ma fenêtre
moutonner mes oliviers sur la côte de Car-
mona !... Mais, pour cela, il n'aurait pas fallu
être aveuglé par la fumée d'orgueil qui me montait au cerveau. J'étais entiché de ma prétendue
vocation apostolique; les femmes ne me disaient
rien, mon heure n'était pas encore venue...

Elle devait bientôt sonner, pour ma punition
et pour le malheur de ceux qui s'attacheraient
à moi.

Un matin, pendant la semaine de la Passion,

je revenais de l'université avec l'étudiant qui
était mon commensal ; au coin de la rue de la
Cuna, près de l'église del Salvador, mes yeux
furent arrêtés par une grande affiche rouge en
tête de laquelle s'étalaient en gros caractères :
Cantes y Bailes andaluces *, et où on annonçait
que le soir même, rue Amor-de-Dios, au *Salon
philharmoniqae*, aurait lieu, pour l'inauguration
de la saison, les débuts des fameuses chanteuses
et danseuses Soledad Vargas, dite *la Chata de
Jerez*, et Pastora Florès, dite *la Pamplina*. Mon
compagnon me vanta avec beaucoup d'éloquence
les talents de Soledad Vargas, qu'il avait vue à
Cadix, et qui, disait-il, n'avait pas sa pareille
pour danser le *jaleo* et le *zorongo*. Il m'engagea
même à assister à la représentation du soir, et,
comme je me contentais de hausser les épaules :

— Pourquoi pas ? répondit-il, vous ne seriez
pas le premier clerc tonsuré qu'on aurait vu rue
Amor de Dios, et je suis quasi sûr que notre
commensal l'abbé n'y manquera pas. D'ailleurs,
un futur missionnaire ne doit rien ignorer : vous
verrez forcément dans l'extrême Orient des

---

* Chansons et Danses andalouses.

danses qui vous scandaliseront bien davantage
que notre *polo* andalous.

Une année auparavant, j'aurais repoussé tout
net une pareille proposition ; mais, depuis six
mois, je m'étais laissé tellement pénétrer par la
corruption mondaine, que je me bornai à discuter longuement, avec mon interlocuteur, sur ce
qui est licite et sur ce qui est défendu, sur la
question de savoir si l'on évite plus facilement le
mal qu'on connaît que celui qu'on ignore...
Quand il s'agit du devoir, tout homme qui dis-
cute au lieu d'obéir silencieusement aux injonc-
tions de sa conscience, est déjà un homme perdu.
Le soir même, je me laissai entraîner rue Amor
de Dios.

Il pleuvait quand nous partîmes, et j'en pro-
fitai pour m'envelopper dans mon manteau afin
de ne pas montrer aux habitués de ce bal mon
habit de séminariste. Mon compagnon était un
habitué du Salon philharmonique, et il me pilo-
tait. Nous entrâmes dans une salle oblongue
assez vaste, au fond de laquelle se trouvait une
buvette où l'on vendait des *refrescos*, du vin, et
de l'eau d'anis. En face, à l'autre extrémité, sous
la charpente d'une galerie faisant tribune, s'ou-

vrait une porte communiquant avec la pièce
voisine où s'habillaient les danseuses, séparées
seulement des spectateurs par un rideau de tapisserie. Au long des murailles, blanchies à la
chaux, des bancs de bois étaient occupés par un
public bruyant, composé de soldats de la garni-
son, d'étudiants, de cigarières et de familles de
petits commerçants du quartier. Un maig.e
lustre et des quinquets fumeux éclairaient la
salle, où planait la buée bleuâtre des cigarettes.
Je me blottis timidement dans le recoin le plus
sombre, sous la tribune, et non loin de l'*habilloir* des danseuses. La représentation n'était pas
encore commencée ; seuls, deux guitaristes, assis
sur les banquettes du milieu, réservées aux ar-
tistes, pinçaient distraitement les cordes de leurs
instruments. De temps en temps, le rideau se
soulevait, laissant passer un bras nu, un bout de
jupe ou la tête ornée de fleurs d'une *bailadoras*.
Travaillé par une curiosité de novice, je ne quit-
tais pas des yeux la tapisserie derrière laquelle
j'entendais les chuchotements et les éclats de
rire étouffés de ces créatures. Enfin, à un signal
des guitares, le rideau fut tiré, et elles accouru-
rent ensemble, d'une volée, prendre les places

sur les bancs : les unes en costumes de danseuses
d'opéra, les autres portant la toilette des ouvrières
de Séville, toutes en agitant au bout de leurs
doigts les castagnettes cliquetantes.

Les danseuses, en jupes courtes, exécutèrent
d'abord le fandango et la cachucha avec accom-
pagnement de guitares et de castagnettes, et je
me sentis assez vite ennuyé par cette exhibition
de jambes pirouettantes, de bras nus s'arrondissant mécaniquement autour de têtes plâtrées,
grimaçant des sourires de convention. Ce spectacle, beaucoup trop prolongé, me laissait froid,
et je méditais déjà de m'esquiver quand une
salve d'applaudissements salua l'apparition de
l'une des étoiles du *baile*. C'était une jolie fille,
aux yeux brillants, à la figure un peu massive,
habillée comme les bohémiennes du faubourg de
Triana, d'une robe assez courte d'étoffe voyante,
du petit tablier d'indienne et du fichu de Manille,
avec un parterre de géraniums rouges dans ses
cheveux noirs luisants. Les guitares se mirent à
résonner, tandis que les danseuses, restées assi-
ses, frappaient en cadence dans leurs mains.

— C'est Soledad Vargas, *la Chata*, me dit
mon compagnon.

La danseuse et son danseur, battant des pieds
et faisant claquer leurs doigts, se balançaient en
face l'un de l'autre, se regardaient, se poursui-
vaient avec des tortillements serpentins; parfois,
l'un des accompagnateurs lançait d'une voix gutturale un couplet de ces vieilles chansons que le
peuple nomme des *peteneras :*

> Una mujê fué la causa
> De mi perdision primera ;
> No hay perdision en er mundo,
>   Niña de mi corason !...
> No hay perdision en er mundo,
> Que por mujeres no benga *.

Parfois aussi les chanteurs, et le public lui-
même lançaient au couple dansant de rauques
paroles d'encouragement : *Ole, ole! Muerte!
Alma! alma!* Et la danseuse, grisée par les exci-
tations, redoublait ses trépignements et ses tor-
sions couleuvrines, tandis que sa face brune restait impassible et souriante. — Malgré les
applaudissements de la foule, je n'éprouvais
aucun enthousiasme ; cette danse étrange et las-

---

* Une femme fut la cause — Première de ma perte. — Il n'y
a pas de perdition au monde, — Fillette de mon cœur! — Il n'y
a pas de perdition au monde — Qui ne vienne des femmes.

cive, ces contorsions et ces trémoussements trop
significatifs me dégoûtaient et me faisaient monter le rouge au visage. Cette fois, j'étais bien
décidé à partir, quand on annonça Pastora Florès,
la Pamplina.

Elle ne s'était pas encore montrée dans la
salle; le rideau se souleva, elle parut et soudain
je me rassis.

Je n'oublierai jamais son entrée... Elle était
de taille moyenne, très bien faite et vive comme
une chèvre sauvage. Elle portait le costume des
Sévillanes : la jupe d'indienne rose terminée par
un volant laissant voir de petits pieds chaussés
de bas roses, le corsage serré dans un châle de
crêpe de Chine blanc à fleurs jaunes et incarnat.
Ses cheveux bruns, relevés par le haut peigne
d'écaille, formaient d'un côté un large accroche-
cœur sur la joue, et de l'autre étaient piqués
d'une touffe d'œillets épanouis. Elle pouvait avoir
vingt-cinq ans ; sa physionomie éveillée, mobile,
spirituelle, était éclairée par deux yeux qui
riaient sous de longs cils, et par deux lèvres
rouges souriantes aussi, mais d'un sourire enjôleur, accentué encore par un joli menton proéminent. Elle s'élança au-devant de son danseur,

pendant que les guitares se remettaient à bour-
donner, et que les claquements de mains recom-
mençaient. Elle dansait le *jaleo* avec une légèreté,
avec une volupté et une pétulance exquises ; sa
danse était à la fois chaste et provocante ; c'est à
peine si sa jupe soulevée découvrait jusqu'à la
cheville son petit pied et ses bas roses ; mais à
la voir glisser, ondoyante, touchant à peine la
terre, et mimant avec sa figure expressive tous
les incidents de cette danse passionnée, je sentais mon cœur sauter jusque dans ma gorge. Je
m'étais mêlé à ceux qui applaudissaient ; je
battis si bien des mains que mon manteau glissa
derrière mon dos, et que j'apparus dans mon
accoutrement de séminariste. Elle remarqua mon
enthousiasme, tourna un moment la tête vers
moi, m'éblouit d'un regard luisant, et disparut,
tandis que les guitares continuaient de fredonner
pendant l'intermède, et qu'un des chanteurs
reprenait de sa voix gutturale :

> Una mujé fué la causa
> De mi perdision primera ;
> No hay perdision en er mundo
> Que por mujeres no benga...

Peu après, la Pamplina reparut, coiffée cette

fois de la mantille blanche qui lui retombait sur
les yeux et sur les épaules, et agitant un éventail. Elle sembla un moment épier quelqu'un
derrière le rideau, qui se souleva et donna accès
à son danseur en costume de *majo* sous sa cape
rejetée sur l'épaule. Les guitaristes jouèrent la
malagueña, et la danse commença : — agaceries
provoquantes de la part de la danseuse, pour-
suite du *majo* voltigeant autour d'elle comme un
papillon amoureux. — Chaque fois qu'il s'ap-
prochait, aiguillonné par le désir, il rencontrait
l'éventail de la Pamplina entre sa bouche et les
lèvres de l'espiègle fille. Il y avait une grâce mu-
tine dans les refus de la danseuse, une attirance
irrésistible dans son sourire, qui me faisaient
comprendre pour la première fois toutes les délices et toutes les fièvres de la passion. Parfois,
dans le tourbillon de sa danse spirituellement
voluptueuse, elle se dirigeait de mon côté ; l'envolement de sa jupe rose me frôlait les genoux,
et je sentais un frisson à la fois brûlant et glacé
me courir par tout le corps. La musique des guitares devenait plus câline et plus tendre ; le *majo*
quitta sa cape et l'étendit par terre ; la Pamplina
passa dessus, légère comme un oiseau, tous ses

traits se fondirent dans un radieux sourire de
consentement et elle tomba aux bras de son
danseur... C'était la fin, et au milieu des applaudissements et des cris, elle alla s'asseoir
essoufflée sur un banc près de la sortie. — Le
public s'écoulait déjà du côté de la porte ; je me
décidai à me lever, et comme je passais près
d'elle, tout palpitant et intimidé, elle arrêta le
mouvement de son éventail, fixa son regard luisant sur le mien, et me salua d'un sourire ensorcelant des lèvres et des yeux.

— Quelle diablerie ! s'écria don Palomino, en
frappant la table d'un coup de poing.

— Oui, répondit Ramon Olavidé, une diablerie, et diaboliquement délicieuse !... J'en
frissonnai jusqu'aux moelles. Ce fut ce sourire
qui me perdit. Je sortis en chancelant comme un
homme ivre, et sans me préoccuper de la pluie
qui tombait à verse, je cheminais tête baissée
dans la rue obscure, quand mon compagnon me
saisit par le bras :

— Holà ! s'écria-t-il, tu t'en vas tout droit à
l'Alameda d'Hercule et non à la calle Dados.
Est-ce que la Pamplina t'a jeté un sort ?

III

E ne sais quel philtre les regards de Pastora Florès m'avaient versé, mais il me coulait comme du feu dans les veines, et sans cesse son image dansait devant mes yeux. J'étais possédé, halluciné. Je revoyais toujours ses bas roses et son petit pied battant l'air sous l'envolement de sa jupe ; toujours ses prunelles luisantes, son rouge sourire et la souple cambrure de sa taille ronde, que n'emprisonnait aucun corset. J'avais beau appeler à mon aide tous les remèdes pieux recommandés en pareil cas par les docteurs de l'église et par mon directeur, rien ne pouvait chasser le fantôme voluptueux qui me hantait. Le nom de la Pamplina se mêlait aux mots latins de mes prières, le fil de

mes méditations était rompu à chaque instant
par son souvenir, et entre les pages de mon
livre se glissait, à chaque tour de feuillet,
son spirituel profil au nez espiègle et au
menton proéminent. En vain, pour me soustraire à cet ensorcellement, j'essayais de me réfugier comme jadis à l'ombre de la chapelle du
baptistère et de m'abîmer dans la contemplation
du Saint Antoine de Padoue. O vision sacrilège!
à la place du *niño* Jésus, c'était elle, la *bailadora*,
qui surgissait au milieu du nimbe radieux des saints
anges, puis s'avançait dans une buée lumineuse
et descendait vers moi, sur les nuées blondes, avec
son malicieux regard et son attirant sourire,
tandis que ses petits pieds aux fines chevilles
battaient de rapides *taconeos* (coups de talon)!
C'était vers elle que je tendais les bras maintenant sous les nefs sacrées de la cathédrale!...

Les solennités de la semaine sainte avaient
suspendu les représentations des *bailadores*; je ne
savais encore quand je reverrais la Pamplina,
mais je n'avais plus qu'un seul désir, — la revoir.
Aussi, dès le mercredi saint, lorsque les processions des confréries commencèrent à sortir, je ne
quittai plus la place de la *Constitucion*, où les

pasos * s'arrêtaient tous en se rendant à la cathédrale, et où, de trois à six heures, la foule s'amassait devant le palais de l'*ayuntamiento*. J'espérais toujours que Pastora Florès viendrait là, attirée par la curiosité, comme les autres.

Le printemps était dans sa prime fleur et jamais le ciel ne m'avait paru si soyeusement bleu. Dans le carré formé par le palais de l'*ayuntamiento*, l'*Audiencia* et les maisons, toutes les fenêtres étaient garnies de curieux. De triples rangs de chaises et de tribunes, occupés par les belles dames de Séville en toilettes noires, fleuries de roses et d'œillets, s'alignaient devant la façade du palais, laissant au milieu un espace vide où circulait la foule bariolée des promeneurs : cigarières drapées dans leur châle avec une rose piquée dans leurs cheveux brillants, toréadors en vestes de velours et chemises brodées, paysans des environs, la ceinture rouge aux reins et la veste sur l'épaule ; tout cela grouillait et bourdonnait, et sur cette basse bourdonnante se détachait le cri aigu des aguadores : *Qui quiere agua?*

---

* Chars supportant des groupes de statues qui représentent des scènes de la Passion.

8

Dans un angle, au-dessus des toits, la tour de la
Giralda, baignée d'une gaie lumière rose, montait haut dans l'azur et contemplait la ville en
fête. Et moi, mêlé à la foule, j'allais et venais,
croyant à tout instant distinguer au milieu d'un
groupe la taille cambrée et la tête fine de la
Pamplina. Par intervalles, les fanfares d'une musique retentissaient au-dessus des rumeurs popu-
laires, les alguazils faisaient évacuer l'espace
compris entre les chaises et les tribunes, et une
procession s'avançait avec ses files de pénitents
blancs, violets ou noirs ; ses confrères, habillés
en Romains, balançant leurs casques à plumes
au rythme de la musique militaire ; son lourd
paso étoilé de cierges, au milieu desquels se
dressaient les statues du Christ et de la Vierge,
tout reluisants de broderies et de bijoux. Le *paso*,
supporté par une vingtaine d'hommes de peine
dissimulés sous les draperies rouges, stationnait
un moment devant la tribune du capitaine-général, puis lentement, aux sons des fanfares, le
cortège se remettait en route par la rue de
Genova, et la foule grouillante recommençait à
rouler ses flots bruyants entre les chaises et les
tribunes.

Les processions des *cofradias* avaient beau
lutter de magnificence, la pompe des *pasos* avec
leurs chapes brodées et leur orfèvrerie étince-
lante me laissait indifférent. Je m'obstinais toujours à chercher la Pamplina dans les remous de
la foule. Mes yeux fureteurs se fatiguaient à vou-
loir la découvrir dans chacune de ces cent fenêtres béantes où les toilettes lilas, bleues, rose
tendre des femmes tranchaient sur la blancheur
des façades et les galeries vertes des balcons ; ils
la cherchaient jusqu'aux faîtes des maisons, le
long des terrasses aériennes où il y avait un
fourmillement de silhouettes curieuses se découpant sur le bleu du ciel, et un palpitement
d'éventails agités, reluisant au soleil couchant.
Le crépuscule descendait peu à peu, éteignant
toutes les couleurs, mais ne ralentissant ni
mon désir ni l'ardeur de mes poursuites, et je
continuais mes investigations, plongeant de plus
belle, sans me lasser, au plus épais de la foule.

Le soir du vendredi saint, j'errais dans la calle
Sierpes, dont les boutiques étaient closes, mais
dont l'animation n'avait jamais été si tumul-
tueuse. Les cris des marchands de pattes de
crabes et de gâteaux à la canelle, les voix qué-

mandeuses des mendiants, la fumée et l'odeur âcre des fritures l'emplissaient tout entière. Arrêté par un encombrement, je regardais machinalement une procession descendre de San Salvador par la calle Gallegos, qui s'étoilait des cierges des pénitents, tandis qu'au loin la luxueuse illumination du *paso* dominait toute l'enfilade de la rue de ses centaines de lumières tremblottantes. Brusquement je sentis mon bras effleuré par un coup d'éventail ; je me retournai... C'était la Pamplina, debout à mon côté, la tête enveloppée dans une mantille noire qui ne laissait quasi voir que ses deux yeux étincelants. J'eus une violente commotion au cœur ; la fastueuse illumination de la procession disparaissait toute devant l'éclat de ces deux yeux phosphorescents.

— *Buena noche, señor estudiante !* me dit-elle d'une voix mordante.

Je restai d'abord interdit et agité par un tremblement intérieur qui m'ôtait toute présence d'esprit.

— Après le bal, la pénitence, continua-t-elle du même ton. Voilà une belle nuit pour effacer ses péchés en suivant les *pasos*.

Je ne savais que répliquer, j'aurais voulu lui
crier : « Ce ne sont pas les processions qui
m'attirent, c'est vous que je cherchais ; » mais
je n'avais ni le sang-froid, ni l'audace nécessaires pour lui faire pareille réponse. Cette rencontre, que j'avais désirée de toutes les forces de
mon cœur, le hasard me la ménageait, et, au
lieu d'en profiter, je restais là, balbutiant, rougissant comme un sot, tandis qu'elle éclatait de
rire en agitant son éventail.

— Est-ce que je vous fais peur ? reprit-elle
en se reculant de quelques pas pour se dégager
de la foule.

— Oui, murmurai-je sans trop savoir ce que
je disais ; ne vous moquez pas de moi !

— *Ay, santo niño*, je ne suis pourtant pas si
effrayante !... Vous aviez l'air moins effarouché,
l'autre nuit, quand vous me regardiez danser la
malagueña..

— Vous vous souvenez de moi ? m'écriai-je
ingénument.

— Je me souviens toujours des jolis garçons
qui m'applaudissent... Pourquoi n'êtes-vous pas
venu me parler avant de sortir ?

— Je n'aurais jamais osé, señorita.

8.

— Ah! *santito*, vous craigniez de vous com-
promettre!... Tenez, en ce moment ci, savez-
vous ce qui vous donne la mine si embarrassée?..
Vous avez peur qu'on vous voie causer avec une
bailadora?

Elle avait deviné juste, et malgré le violent
désir qui me poussait vers elle, je tremblais d'être
aperçu par un de mes camarades. Je me remis
à rougir et à balbutier; nous étions arrivés au
coin de la rue San Acasio.

— Je ne veux pas que vous scandalisiez vos
amis, dit-elle avec un éclat de rire. Demain, j'ai
vacance, et je me promènerai vers les trois
heures de l'après-midi, dans les jardins de l'Alcazar... Toute la ville étant occupée à faire ses
dévotions, on ne risquera pas d'y être ennuyé
par les fâcheux... Et puis les orangers en fleurs
y sentent bon... N'aimez-vous pas cette odeur-
là?... *Buena noche, señor*... Comment vous
appelez-vous?

— Ramon.

— *Buena noche, santo Ramon!*

Et avec le mouvement preste et onduleux
d'une couleuvre qui se glisse au ras d'un mur,
elle fila le long des maisons de San Acasio, me

laissant tout ébaubi, tandis qu'elle disparaissait dans les ténèbres d'un carrefour.

Je rentrai, la tête en désordre, et montai m'enfermer dans ma chambre, où je ne m'endormis que fort avant dans la nuit, d'un sommeil fiévreux. Le lendemain je m'éveillai très tard aux détonations des boîtes d'artillerie et des pétards qui annonçaient la résurrection de Notre-Seigneur. En même temps, les cloches de la cathédrale se mirent à sonner en volée, d'autres carillons s'éveillèrent tour à tour dans chacune des églises et bientôt tout Séville retentit de tintements sonores. O la musique des cloches de mon pays, la délicieuse musique que je n'entendrai plus !..

Pendant toute la matinée, je me promenai dans ma chambre, en me disant que je n'irais pas à l'Alcazar; quand je descendis pour le repas du midi, j'étais si pâle, que Manuelita s'informa d'une voix inquiète si j'étais malade. Ce fut à peine si je lui répondis, et, le dîner achevé, je m'empressai de sortir. J'errai à travers les rues pleines de tapage et de soleil, j'entrai dans la cathédrale afin d'essayer de m'y recueillir : — Non, non, me répétais-je, je n'irai pas à l'Alcazar! — Et pourtant trois heures n'étaient pas sonnées, que je franchissais le vestibule du palais et que je m'égarais dans les allées ombreuses pavées de briques émaillées. J'allai ainsi à travers les massifs de roses épanouies, jusqu'à un pavillon aux revêtements de faïence qu'entourent des quinconces d'orangers. Le jardin était solitaire, et le silence de l'après-midi n'était interrompu que par le gazouillement frais des jets d'eau sautillant dans leurs vasques de marbre. — Elle ne viendra pas, pensais-je, elle s'est moquée de moi; — et je me sentais à la fois soulagé et dépité de son manque de parole. Tout à coup j'entendis un léger bruit de pas, et je la vis qui s'avançait sous les branches vertes des orangers.

Elle avait une robe bleue à jupe courte, laissant voir ses jambes fines chaussées de bas de soie bleue et de souliers de velours; un petit châle de Manille à fleurs jaunes serrait sa taille souple; la mantille noire, à peine posée sur le sommet de sa tête brune, retombait sur ses épaules et un gros bouquet de jasmin était planté dans son corsage.

— Tiens, vous étiez là? dit-elle en riant...

C'est aimable à vous d'être venu... Mettez-vous près de moi.

Elle s'assit sur le petit mur à hauteur d'appui qui fait face au pavillon et me ménagea une place à côté d'elle. J'obéis, mais j'étais trop troublé pour parler et je ne savais plus que lui dire. Elle paraissait fort étonnée de mon silence, n'étant nullement habituée à une pareille réserve.

— Y a-t-il longtemps que vous êtes à Séville? me demanda-t-elle... Voyons, contez-moi votre histoire.

Tout heureux du sujet de conversation qu'elle me fournissait, je lui parlai naïvement de mon village, de mon entrée au séminaire, et de l'intention où j'étais de me faire missionnaire dès que j'aurais reçu les ordres majeurs.

Elle m'écoutait avec son espiègle hochement de tête et elle me lança à peu près la même réponse que Manuelita :

— Bah! ce n'est pas encore fait... D'ailleurs ce serait dommage... Êtes-vous sûr d'avoir la vocation?

En même temps elle fixait sur moi ses grands yeux noirs si profonds et si sombres, sous la

verdure des orangers, qu'il me semblait, en les
regardant, plonger au fond d'un abîme qui m'at-
tirait. C'étaient de ces yeux flambants et veloutés
qu'on n'oublie plus une fois qu'on les a regar-
dés... Oui, je serais mort et au fond du tombeau,
que je crois qu'un regard de ces yeux-là suffirait
pour me ressusciter... je me lèverais du cercueil
pour les voir encore!... Ils me donnaient le
vertige et ma tête tournait.

—La vocation? murmurai-je éperdu, je l'avais,
mais depuis que je vous ai vue, je ne sais plus...
je ne sais plus!...

Elle éclata de rire en montrant ses fines dents
blanches entre ses lèvres rouges; puis, tendant
le bras, elle cueillit sans façon une orange aux
branches qui pendaient au-dessus de nous, et se
mit à la peler en jetant à droite et à gauche
l'écorce sur les petits pavés de faïence.

— *Pobrecito!* il ne sait plus!.. disait-elle tout
en suçant son orange. Puisque mes yeux ont fait
le mal, continua-t-elle, c'est à moi de le réparer...
Il y a justement ici une fontaine dont l'eau guérit les maux d'yeux et les peines de cœur... Je
vais vous y conduire.

Elle me prit la main et m'entraîna avec sa

pétulance endiablée vers le Bain de la Sultane, qui est à gauche des quinconces où nous étions assis. Debout contre la niche d'où jaillissait l'eau fraîche, elle fit une coupe de ses deux mains jointes, et me les tendit ruisselantes : — Buvez! dit-elle avec son ensorcelant sourire.

Je me précipitai sur les deux mains que j'avais prises dans les miennes, j'y bus quelques gouttes d'eau, mais surtout je les couvris de baisers.

— Assez! assez! cria-t-elle en secouant ses doigts, ou le remède serait pire que le mal.

Elle était charmante ainsi avec ses bras mouillés qui scintillaient en plein soleil, et ses yeux où le rejaillissement du jet d'eau avait mis de petites perles tremblantes jusqu'au fin bout des cils.

— Adios! reprit-elle, voici l'heure où je dois rentrer... Inutile de me suivre... Demain danserai an Salon philharmonique; j'espère que vous viendrez m'y voir.

Elle rassembla les plis de sa jupe de toile bleue, sauta dans l'allée et disparut derrière les massifs de rosiers...

Je retournai le lendemain rue Amor de Dios, seul cette fois, et je me blottis de nouveau près

de la porte de l'*habilloir*, sous la tribune. Elle
m'aperçut et me fit un signe de tête amical;
puis lorsque ce fut son tour de danser, elle me
lança de nouveau un regard et je vis qu'elle
s'arrangeait pour ramener son danseur presque
toujours vers le coin sombre où j'étais tapi, de
sorte qu'elle n'avait l'air de danser que pour
moi. Cette préférence pour la partie la moins
éclairée de la salle occasionna des murmures à
l'autre extrémité et parut contrarier le grand
garçon au costume andalous qui lui servait de
partenaire. Il en témoigna de l'humeur et ils
échangèrent à voix basse quelques paroles peu
aimables; dès qu'ils eurent terminé la *malagueña*,
elle lui tourna le dos, disparut sous la portière
et ne revint plus. Inquiet, je gagnai la rue, où,
caché dans l'encoignure d'une porte, j'attendis
impatiemment la sortie de la Pamplina. Je la
vis enfin paraître, enveloppée dans un châle
blanchâtre et filant rapidement dans l'ombre,
avec ce petit piaffement qui lui était familier.
Je la suivais, le cœur palpitant, mais à une faible
distance, et je n'osais la rejoindre, pressentant
qu'elle s'en allait fâchée, après avoir eu une
altercation avec son impresario.

A un coin de rue, sous un réverbère, elle se retourna brusquement, me reconnut et sourit.

— Ah! c'est vous, *el santo!* s'écria-t-elle. Savez-vous? j'ai failli me brouiller avec les gens du Salon à cause de vous!.. Comme dédommagement, vous allez me faire un bout de conduite... A cette heure, cela ne vous compromettra pas.

Je m'étais élancé près de Pastora Florès; elle vit bien à mon air ébloui que j'étais complètement fasciné, qu'elle n'avait plus qu'à commander et que je n'avais plus qu'à obéir.

Quand nous fûmes arrivés sur l'Alameda d'Hercule, elle s'arrêta devant une maison blanche dont toutes les fenêtres étaient noires et endormies.

— Voici où je demeure, dit-elle, tout là-haut, près du ciel... Venez, je vous offrirai un verre de limonade; vous l'avez bien gagné!

Je me laissai emmener, je l'aurais suivie au bout du monde. Elle ouvrit la lourde porte et me prit la main pour me guider le long de l'allée ténébreuse, puis dans les spirales de l'escalier plus noir encore et tout imprégné d'odeurs de

9

friture. Je montais en buttant contre les marches, heureux de me sentir mené comme en
laisse par cette main fraîche et nerveuse,
dont la paume s'appuyait contre la mienne.
Quand nous fûmes au sommet, elle chercha à
tâtons au fond d'une sorte de niche pratiquée
dans le mur, trouva un briquet, alluma une
petite lampe et me poussa dans sa chambre,
grande pièce aux murs blancs, donnant de plain-
pied sur une terrasse avec laquelle on communi-
quait par une large fenêtre restée ouverte.

A la lueur de la lampe, j'examinais la chambre : le lit bas dans un coin, recouvert d'une
mante valencienne, un miroir au-dessus d'une
petite table, puis une statuette de la Vierge et,
en face, une guitare accrochée au mur avec une
paire de castagnettes. — La Pamplina avait
ouvert une armoire, soulevé une cruche pleine
d'eau, rincé un verre, et je l'entendais chanton-
ner en me préparant la limonade promise, qu'elle
m'apporta sur la table.

— Maintenant, dit-elle, asseyez-vous et
buvez.

Mais je lui avais pris les deux poignets et, les
dents serrées, silencieusement, violemment,

CAHIER (S) OU PAGE (S) INTERVERTI (S) A LA COUTURE
RETABLI (S) A LA PRISE DE VUE.

DE LA PAGE _ 107
A LA PAGE _ 145

j'essayais de baiser ses lèvres rouges si provocantes. Avec un brusque effort, elle m'arracha
ses poignets meurtris, recula en arrière et, me
toisant des pieds à la tête :

— *Hombre!* s'exclama-t-elle, comme vous y
allez!.. Est-ce que les gens d'église ont tous de
ces façons de muletier?

J'étais moi-même honteux de mon emportement de brute, et je baissais les yeux sans oser
parler. Elle me tourna le dos, roula tranquil-
lement une cigarette, l'alluma à la lampe et alla
s'asseoir dans l'embrasure de la fenêtre.

Je me rapprochai d'elle humblement, les
mains jointes :

— Pamplina, murmurai-je, pardon, je suis
fou!.. Je vous aime, ayez pitié de moi!

Elle vit que j'avais les larmes aux yeux et,
tournant vers moi ses flamboyantes prunelles :

— Bien vrai, *santito*, tu m'aimes?

— Comme un possédé.

— Tu m'aimes plus que ta vocation, plus que
ton séminaire?..

— Plus que tout au monde!

Elle laissa tomber sa cigarette, puis, se levant
et défaisant sa mantille et son fichu, qu'elle lança

par la chambre, d'un bond elle se jeta dans mes bras et appliqua ses lèvres sur les miennes.

— Eh bien! prends-moi, je suis à toi!

Oh! cette nuit dans la petite chambre de l'Alameda d'Hercule, ces caresses de femme qui m'enlaçaient pour la première fois, cette veillée d'amour dans le grand silence de la ville endormie!.. La lampe était éteinte; du recoin sombre où nous étions, je voyais, par la fenêtre ouverte, la terrasse blanchissante, le ciel plein d'étoiles; tout à travers nos baisers jamais las, j'entendais au loin, à l'extrémité de la place, une belle voix d'homme qui montait dans la paix de la nuit d'avril, et je distinguais des lambeaux de couplets qui m'arrivaient doux comme des bouffées de printemps:

> La pena y la que no es pena;
> Todo es pena para mi.
> Ayer penaba por ber te,
> Solea, triste de mi!
> Ayer penaba por ber te
> Y hoy peno porque te bi...*

* La peine et ce qui n'est pas le peine, — Tout est peine pour moi. — Hier, je peinais pour te voir; — Solitude; triste de moi! — Hier je peinais pour te voir, — Et aujourd'hui je peine de t'avoir vue!

IV

A partir de cette nuit de Pâques, je ne m'appartins plus. J'étais pareil à un de ces pantins qu'on donne aux enfants; toutes mes actions semblaient mues par un fil, et ce fil magique était tenu par les doigts capricieux de la Pamplina. Je ne vivais qu'une heure par jour; celle où j'attendais la danseuse à la porte du Salon philharmonique et où je la ramenais chez elle, — et encore plus d'une fois mon attente fut-elle trompée. Pastora Florès n'était pas toujours libre de disposer de sa soirée; son impresario l'emmenait, avec les autres danseuses, à des *tertulias* données par le capitaine-général ou quelque autre grand personnage; elle me faisait prévenir à la hâte du contre-temps

par un gamin, et je m'en revenais de fort méchante humeur calle Dados.

Un soir que je rentrais fort triste, après avoir
été frustré de mon rendez-vous, je trouvai
Manuelita seule dans le *patio*. A la lueur d'une
lampe posée près des pots de myrtes, elle ache-
vait une broderie qu'on devait livrer le lendemain, et ses cheveux blonds frisottants entouraient d'une auréole dorée sa jolie tête penchée
sur la bande d'étoffe. Depuis le dimanche où
j'avais si durement accueilli les tendres confidences de la pauvre fille, c'était la première fois que
nous nous rencontrions seuls. Ma mauvaise
humeur s'en accrut encore, il me semblait qu'elle
devait lire sur ma figure le dépit que me causait
mon rendez-vous manqué, et je sentais un redoublement d'irritation à l'idée de surprendre un
éclair moqueur dans ses regards.

— Bonne nuit! don Ramon, me dit-elle en
levant vers moi ses grands yeux bleus, où je ne
vis qu'une lueur attristée.

— Bonne nuit! répliquai-je d'un ton maussade en approchant mon bougeoir de la mèche
de la lampe.

— Pourquoi me répondez-vous d'un air fâché?

reprit-elle doucement en posant son ouvrage sur la table... Vous êtes bien changé depuis quelques semaines... Qu'avez-vous donc?

— Je n'ai rien.

— Si fait, vous n'êtes plus le même... Vous négligez vos amis, et les livres que vous aimiez autrefois, vous ne les ouvrez plus.

— Vous vous trompez, Manuelita.

— Non, je ne me trompe pas, soupira-t-elle en secouant la tête. Quoique je ne sois qu'une enfant, il y a bien des choses que je devine et qui me font de la peine... Ce n'est plus de l'église maintenant que je suis jalouse, c'est de la femme qui a pris votre cœur et qui n'est pas digne de vous.

— Voilà, en effet, des propos qui ne sont guère d'une enfant et que je suis étonné de trouver dans votre bouche! interrompis-je avec impatience.

— Oh! cette femme, continua-t-elle en s'animant et en se levant, je la hais parce qu'elle vous rend malheureux!

— Assez, Manuelita, vous êtes folle! m'écriai-je rudement. Et je me hâtai de regagner ma chambre, qui était voisine de la sienne.

Mais, pendant une partie de la nuit, j'entendis l'enfant qui pleurait à chaudes larmes au lieu de dormir, — et cette douleur naïve, dont j'étais l'unique cause, redoubla l'irritation que je sentais contre moi-même.

Ainsi ma faute était déjà connue de toute la maison!... J'en éprouvais un sentiment de honte qui me rendait le logis odieux et qui me le faisait fuir pendant des journées entières. Parfois, alors le remords m'empoignait et j'essayais de réagir contre la séduction dont m'enveloppait la Pamplina. Je ne pouvais pas croire qu'un regard et une caresse de femme fussent suffisants pour déraciner une vocation comme la mienne; ma superbe se révoltait contre ce joug humiliant; je songeais à la ruine de mes projets d'avenir, à la perdition de mon âme, à la damnation éternelle. Je courus me jeter dans un confessionnal, aux pieds d'un prêtre, et je lui avouai ma chute avec des cris de détresse. Mon confesseur, avec véhémence et compassion, m'exhortait à la contrition, à la mortification et à la pénitence. Il me parlait de la miséricorde du Seigneur et me faisait espérer que mes prières trouveraient grâce devant lui; il me recommandait de fuir les occa-

sions de péché, de me réfugier avec confiance
dans le sein de la toute-puissante Miséricorde :
au regard de ce suprême Bien, toutes les joies
terrestres n'étaient-elles pas misérables et vaines,
et la grâce de Dieu n'était-elle pas d'un si haut
prix qu'on dût, pour l'obtenir, mépriser comme
de la boue toutes les basses voluptés des sens?...

— Oui! m'écriai-je mentalement en quittant
l'église, j'arracherai de mon cœur, et pour toujours, la coupable image de cette femme; avec
l'aide de la pénitence et de la prière, je la chas-
serai de ma pensée, comme Jésus chassait les
vendeurs du temple!...

Et j'essayais sérieusement pendant un jour
d'exécuter mes pieuses résolutions; mais il suffisait de l'apparition du gamin porteur d'un message de la Pamplina pour tout gâter, et je cou-
rais rue Amor de Dios attendre la danseuse à la
porte du Salon. J'entendais le piaffement de ses
brodequins sur les marches de l'escalier; elle me
coulait une diabolique et reluisante œillade, un
sourire retroussait le coin de ses lèvres et me
montrait ses petites dents blanches; c'en était
fait de ma contrition et de mes projets de pénitence. Dans ces moments-là, j'aurais donné

9.

pour la suivre ma part de vie éternelle. Quand
une fois, seuls dans la chambre haute, qu'éclairait une douteuse lueur d'étoiles, nous nous
tenions embrassés, sa taille pliant sur mon bras,
sa tête se renversant sur mon épaule avec toute
sa chevelure dénouée, une senteur de géranium
s'exhalait de sa peau fraîche, de ses cheveux, de
tout son corps, et j'oubliais le monde entier...

— Assez! assez! interrompit impétueusement
don Palacios en levant les mains au ciel. Passons!

— Oui, passons, reprit tristement don Ramon,
car ce souvenir seul me rend fou, et je sens que
si je la revoyais, je mourrais dans l'impénitence
finale... Un soir, j'étais resté deux jours sans
pouvoir la joindre; dès que nous fûmes dans sa
chambre, je m'aperçus qu'elle était soucieuse.
Au lieu de m'attirer près d'elle, comme de coutume, elle était allée s'asseoir sur le seuil de la
terrasse et s'était mise à fumer.

— *Santito*, me dit-elle brusquement, j'ai une
mauvaise nouvelle à t'apprendre... Voici la foire
qui touche à sa fin, et l'*empresa* quitte Séville
demain soir pour aller à Grenade inaugurer la
saison... Il va falloir nous séparer...

Je restai interdit et n'eus pas la force de prononcer une parole. — Pendant les deux jours
que j'avais passés loin d'elle, je m'étais remis,
comme toujours, à détester mon péché et à for-
mer de belles résolutions, mais je n'avais jamais
songé à la possibilité d'une séparation aussi
prompte.

— Oui, *hermano*, après demain il y aura des
montagnes entre nous, et Dieu sait quand nous
nous reverrons!...

Tandis qu'elle parlait d'un ton tranquille et
dégagé, je me promenais avec agitation par la
chambre; tout en ayant le cœur déchiré à la
pensée de la quitter, je ne pouvais m'empêcher
de songer aux promesses que j'avais faites à
mon confesseur. — Peut-être y avait-il, dans ce
brusque départ, une intention divine, un secret
dessein de la Providence pour me sauver malgré
moi, pour arrêter mon âme sur le chemin de la
perdition... Assurément le doigt de Dieu se levait
dans les ténèbres où j'étais plongé pour me montrer un moyen de reconquérir la grâce. Je
n'avais plus qu'à courber le dos sous la main
paternelle qui me frappait, qu'à crier vers le Seigneur, comme le roi David : « Je suis préparé à

souffrir tous les châtiments, et ma douleur est continuellement devant mes yeux. »

— Eh quoi! s'écria la Pamplina en me regardant fixement, tu ne réponds rien?

— Ma pauvre enfant, murmurai-je d'une voix étranglée .. j'ai le cœur brisé... Nous étions trop heureux dans notre péché, et le ciel veut nous punir en nous arrachant l'un à l'autre...

— *Amen!* s'écria-t-elle en bondissant sur ses pieds, c'est bien!... Je feignais d'être calme pour connaître ce qu'il y a au fond de ton cœur... Je vois que tu ne m'aimes pas et que tu te consoleras facilement de mon départ !

— Je vous aime éperdument, passionnément, Pastora, et quand vous serez loin de moi, Dieu seul, qui me frappe, saura combien je souffrirai... Vous aurez eu tout mon amour, et, vous partie, aucune créature terrestre ne sera plus rien pour moi... Je ne songerai plus qu'à prier Dieu pour nous deux et à me vouer entièrement à lui...

— En vérité! interrompit-elle en croisant les bras, prier Dieu et te vouer à lui, n'est-ce pas? sans plus te soucier de moi que d'une guitare fêlée!... C'est parfait!... Pourquoi donc alors m'as-tu dis que tu m'aimais plus que tout au

monde? Tu m'as enjôlée avec tes regards et tes
paroles, et maintenant que je suis ton esclave,
tu m'abandonnes! tu m'assassines!... Une conduite édifiante pour un prêtre, et un joli début
pour un missionnaire!...

Ses yeux flambaient et sa physionomie était
devenue tragique.

— Mais, continua-t-elle en se rapprochant de
moi avec un hochement de tête plein de me-
naces, prends garde!... Si tu te moques de moi,
si tu me foules aux pieds, si tu me poignardes le
cœur, tu t'en souviendras et tu t'en repentiras!
Ta religion, ton amour de Dieu, ta vocation,
tout cela, menterie pure, et tu n'es au fond
qu'un misérable égoïste!...

Brusquement, comme si elle avait été terrassée
par la violence de sa colère, elle se laissa choir
sur le sol, et tout d'un coup elle éclata en sanglots.

Ses pleurs me bouleversaient; en l'écoutant,
je m'étais déjà reproché ma cruauté. Je m'age-
nouillai près d'elle, je la pris dans mes bras, et je
bus les larmes qui roulaient sur ses joues.

— Chérie, m'écriai-je, c'est moi qui suis ton
esclave, c'est moi qui suis ta chose! Mais que

faire quand la fatalité nous sépare?... De même
que tu ne peux rompre ton engagement et rester
ici, de même moi, je ne puis quitter Séville pour
te suivre.

— Qui t'en empêche? dit-elle en tournant
doucement vers moi ses yeux câlins et mouillés.

— Mais, répliquai-je hésitant, tout : mes
études, les promesses que j'ai faites à mes supé-
rieurs, les vœux que j'ai déjà prononcés...

— Et ne m'as-tu pas fait aussi des promesses,
et ne sont-elles pas aussi sacrées que celles que
tu as marmottées aux gens de ton séminaire?...
Quand il s'agissait de m'avoir, n'as-tu pas juré
que tu m'aimais plus que ton église et ta vocation? Eh bien! si tu es un honnête homme et
non un traître, tiens ta parole et viens avec
moi!...

J'étais encore trop novice dans la vie et trop
aveuglé par mon amour pour distinguer entre
un engagement pris de sang-froid et une promesse faite dans l'emportement de la passion.
L'argument de Pastora Florès me troubla, je fai-
blis, elle s'en aperçut, devint plus pressante, et,
après quelques timides objections qu'elle com-
battit victorieusement, je consentis à la suivre à

Grenade. Quand elle me vit complètement décidé, elle battit des mains, se mit à danser dans la chambre, puis se jeta à mon cou et m'enveloppa de ses irrésistibles caresses.

— Tu verras, *niño mio*, comme nous serons heureux! me criait-elle à travers mille folies, je te ferai un paradis de Grenade!...

Il fut convenu que je rejoindrais la troupe des *bailadores* à la porte San-Fernando, vers les dix heures du soir et que, monté sur une mule que la Pamplina se chargea de me procurer, j'accompagnerais la *galera* où les danseuses devaient s'entasser pour le voyage. Le lendemain matin, je fis mes préparatifs, j'achetai rue des Francos les vêtements destinés à remplacer mes habits de séminariste, et, le soir venu, je m'enfermai dans ma chambre pour procéder à mon changement de costume. Je revêtis la veste de gros drap des paysans andalous, la culotte de tricot brun et les guêtres de cuir à aiguillettes flottantes, puis, les reins ceints de l'écharpe rouge, la cape sur l'épaule, je sortis furtivement de ma chambre quand je crus la maison endormie. Je n'avais parlé de mon projet à personne, afin de me soustraire aux questions embarrassantes, et surtout d'éviter une pénible explication avec la trop perspicace Manuelita, mais à peine eus-je mis le pied sur la galerie, que je me trouvai en face de la jeune fille; elle sortait de sa chambre et elle étouffa un cri en me surprenant dans mon accoutrement de voyageur.

— Don Ramon, demanda-t-elle d'une voix tremblante, est-ce possible?... Où allez-vous à cette heure?

— Chut! Manuelita, répondis-je; je pars pour quelques jours; je vais à Peñaflor, où m'appellent des affaires d'intérêt.

Elle secoua la tête d'un air incrédule.

— Dans ce costume?... à Peñaflor?... Ah! don Ramon, vous nous trompez, vous vous jouez de nous!... Vous vous en allez ailleurs et vous ne reviendrez plus?

— Je reviendrai, Manuelita... Dites à votre mère que je lui écrirai sous peu, mais pour Dieu, ne me retardez pas!... Je suis pressé.

Ses yeux bleus s'emplirent de larmes et elle ne fit plus aucune tentative pour me retenir; d'un geste violent, elle arracha de sa poitrine le cœur d'argent percé de flèches qu'elle portait toujours, et l'attacha sur ma manche.

— Gardez-le en souvenir de moi, reprit-elle d'une voix sourde, il vous préservera peut-être du mal... Mais si, malgré cela, vous deveniez malheureux, revenez-nous ; vous trouverez toujours votre chambre et vos amis qui vous seront fidèles... Adieu, don Ramon ; que Notre-Dame des Douleurs vous protège !

Elle rentra dans sa chambre, et moi, la tête basse, je m'enfuis hors de la maison.

A la porte San-Fernando, je trouvai la *galera* attelée et déjà bourrée de voyageurs. La lourde charrette à quatre roues était recouverte d'une toile et tapissée d'un matelas ; sur le siège était assis le *mayoral* (le conducteur). Non loin de la *galera*, j'aperçus la Pamplina qui tenait elle-même la bride de ma mule.

Ses yeux étincelèrent en me reconnaissant.

— A la bonne heure ! cria-t-elle, tu es homme de parole. — Elle m'aida à monter sur la mule, puis, s'élançant sur le siège à côté du *mayoral*, elle dit à ce dernier en lui frappant sur l'épaule :

— Maintenant, *vamos con Dios!*

Et, sur la route poudreuse, nous nous en allâmes, éclairés par un ciel plein d'étoiles.

V

ETTE excursion à petites journées, à travers les plus beaux sites de l'Andalousie et à côté de la Pamplina, compte parmi les jouissances les plus exquises et les plus pures que j'aie goûtées. Nous voyagions la nuit et le matin ; puis nous nous arrêtions vers midi dans un village, où nous faisions la sieste pour ne repartir qu'au crépuscule. Dans les montées un peu rudes, Pastora, descendant de la *galera*, marchait près de ma mule, la main appuyée sur mon genou, et c'était charmant de cheminer ainsi l'un près de l'autre dans la nuit tiède et silencieuse, entre les aloës et les cactus hérissant de leurs raquettes épineuses ou de leurs lames aiguës les deux talus de la route et décou-

pant leur végétation monstrueuse sur le ciel
étoilé.

C'était charmant aussi, dans la fraîcheur du
matin, de côtoyer les champs déjà herbeux et de
voir, au premier rayon de soleil, onduler toute
la plaine dans la bordure de fleurs éclatantes
dont le printemps avait semé les fossés. Au milieu de la verdure argentée et mouvante des sei-
gles, de frêles glaïeuls roses frissonnaient, les
bourraches s'ouvraient comme des yeux bleus,
et les grands coquelicots semaient l'herbe
épaisse de leurs larges taches de sang. A l'imi-
tation de toutes ces fleurs, je sentais mon cœur
s'épanouir plus à l'aise ; je serrais la main de la
Pamplina, et j'aurais voulu marcher ainsi toujours, sans arriver jamais...

Je me souviens avec délices d'une halte que
nous fîmes vers le milieu du jour, dans la vallée
du Genil, en vue de Loja. La *galera*, dételée,
stationnait sur la route ; les mules paissaient çà et
là au bord des talus. Le *mayoral* et la plupart
des voyageurs étaient allés chercher des vivres à
la ville voisine, dont nous voyions, de l'autre
côté de la rivière, les tours d'église, les murs de
couvent et les maisons couleur d'amadou se dé-

tacher en amphitéâtre sur la verdure des planta-
tions de mûriers. La Pamplina et moi, nous
étions restés au bord du Genil, non loin d'un
moulin en ruine, et là, assis sur une herbe drue,
à l'ombre des trembles et des peupliers qui foi-
sonnent le long de la rivière, nous savourions le
bonheur de nous retrouver en tête-à-tête, enfouis
dans cette jeune feuillée, à deux pas de cette
eau claire qui gazouillait en sautant sur les cailloux. Pastora, vautrée dans l'herbe comme un
chevreau, semblait grisée par toutes les sèves
printanières dont elle aspirait à pleines narines
les émanations aromatiques. Elle chantait comme
une alouette, cueillant des fleurs à brassées ; puis,
accourant vers moi, elle m'en répandait des jon-
chées sur la figure, et, se jetant à mon cou, elle
m'embrassait furieusement.

— N'est-ce pas que c'est bon, *santito?* mur-
murait-elle ; nous nous aimerons toujours bien,
n'est-ce pas, quoi qu'il arrive ?

— Oui, toujours !

Et les baisers pleuvaient plus nombreux encore.

Hélas ! ce fut notre dernière heure de volupté
sans mélange.

A mesure que nous approchions de Grenade, la gaîté de la Pamplina s'évanouissait. Elle devenait taciturne, et, les sourcils froncés, les yeux assombris, elle regardait d'un air farouche s'accuser plus nettement les lignes des montagnes qui entourent la *Vega** de leurs crêtes azurées ou neigeuses; à la tombée de la nuit, comme nous distinguions déjà dans les ombres accrues les lumières des faubourgs, elle quitta la *galera* et vint se placer auprès de ma mule.

—Ramon, me dit-elle d'une voix légèrement hésitante, nous allons être arrivés. Tu iras te loger à la Puerta-Réal, dans une *casa de huespedes***, qui est au coin de la carrera del Darro. Quant à moi, dès que je serai installée, je te ferai savoir où et comment nous pourrons nous voir.

—Eh quoi! m'écriai-je interdit, je ne demeurerai donc pas avec toi?

—C'est impossible, pauvret. Ici, à Grenade, je suis obligée à plus de circonspection... Je n'y ai pas tout à fait la même liberté qu'à Séville, parce que...

* Nom de la plaine de Grenade.

** Maison meublée.

Elle s'arrêta comme pour reprendre haleine.

— Achève! m'écriai-je anxieux, parce que?...

— Parce que c'est à Grenade que demeure mon mari.

— Ton mari!... Vous êtes mariée?

Il me sembla que le sol de la *Vega* s'ouvrait sous nos pieds, tandis qu'un crêpe noir tombait du ciel et enténébrait tout autour de moi. — Mariée!... Non seulement j'avais rompu mes vœux et abandonné le séminaire pour vivre avec une danseuse, mais maintenant à la faute du péché de fornication s'ajoutait celle du péché d'adultère, et c'était pour apprendre cela que je m'étais enfui de Séville!

— Oui, *santito*, je suis mariée; tu l'aurais su un jour ou l'autre, et il est préférable que je te dise dès aujourd'hui toute la vérité... Pour Dieu, ne fais pas cette figure d'enterrement!... *Non importa!* Sébastien Paco est aussi peu mon mari que possible; seulement... c'est un misérable, et il me fait payer cher la liberté qu'il me laisse !

Je ne comprenais pas bien ce qu'elle voulait dire, et bouleversé par ce que je venais d'apprendre, je la pressais de questions. Alors, peu

à peu, et à travers de brûlantes protestations
d'amour, elle me révéla, avec des larmes de
honte et de rage, toute l'ignominie de sa situation matrimoniale. — Son père, qui dirigeait
une *escuela de bailes* (salle de danse), l'avait
mariée à seize ans à ce Sébastien Paco, qui était
mayoral et conduisait une *galera*, faisant le service entre Malaga et Grenade. Dès la première
année de son mariage, Paco avait exploité la
beauté de sa femme en la vendant à un riche
Anglais qui visitait l'Alhambra. Depuis lors, il
continuait ce métier lucratif, fermant les yeux
sur les infidélités de la Pamplina, pourvu qu'elles
lui rapportassent de l'argent; mais il était intrai-
table quand il s'apercevait que son honneur con-
jugal était compromis en pure perte.

— Il ne vit pas avec moi, ajouta Pastora,
mais quand je suis à Grenade, il me fait espionner par des gens à lui, et s'il venait à apprendre
que je t'aime, mon pauvre *santito*, il serait
homme à t'attirer dans quelque guet-apens.
Soyons donc prudents, et en public n'aie pas
l'air de me connaître... Cela ne m'empêchera
pas de te bien aimer, niño de mon cœur! Je
suis folle de toi et je serais morte si tu étais resté

là-bas, à Séville. — Je t'adore, va, et je te jure de n'être plus désormais qu'à toi!... Quant à cet homme, je le hais, et, un jour ou l'autre, je me vengerai de lui à ma façon!...

En même temps elle me prenait les mains et les couvrait de baisers, puis elle remonta dans la *galera*. Un quart d'heure après, nous entrions à Grenade, et laissant la voiture des *bailadores* prendre de l'avance, je me rendis solitairement et très tristement à la *casa de huespedes* de la Puerta-Real.

Pendant les premiers temps de mon installation, la Pamplina ne me donna pas signe de vie. Je restai livré à moi-même et à mes tristes réflexions. — Oisif et seul dans cette ville où je ne connaissais personne, je me trouvais complètement perdu; condamné à mener une vie de déclassé, je me sentais désormais à la merci d'inquiétants et ténébreux hasards. Ce n'était pas qu'au point de vue matériel j'eusse rien à redouter pour le moment; avant de quitter Séville, je m'étais procuré une somme assez ronde, et, avec mes goûts modestes, j'étais sûr de vivre longtemps à l'abri du besoin. Mais l'incertitude de l'avenir et les navrantes confidences de la

Pamplina m'emplissaient d'une mélancolie noire
qui me gâtaient jusqu'aux beautés de ce merveilleux pays, à l'heure même où le printemps,
dans son plein épanouissement, le revêtait des
plus adorables couleurs.

Dès le matin, je me hâtais de gravir la montée
de *los Gomeres* et de pénétrer dans la magnifique
futaie qui ombrage la colline de l'Alhambra jusqu'à l'entrée du Généralife. Les ormes et les
frênes, les charmes et les sorbiers étaient dans
toute la luxuriance de leur verdure nouvelle ; des
centaines de rossignols chantaient sous les grands
couverts ; des masses de fleurs bleues et blanches foisonnaient au bord des rigoles où bourdonnait une eau claire et glacée, alimentée
par les neiges éternelles de la Sierra. Je passais de longues heures contemplatives dans la
cour des Lions, ou sous les voûtes de la salle
des Abencerrages aux sculptures pareilles à des
stalactites bleuâtres. Partout je trouvais des
eaux jaillissantes, une lumineuse fraîcheur, des
recoins ombreux au fond desquels, par les dou-
bles baies des arcades brodées à jour, j'apercevais l'azur du ciel à travers les mobiles découpures des orangers. — Hélas! en dépit des

10

enchantements de l'Alhambra, je me sentais
esseulé et séparé de la Pamplina par des centaines de lieues. — J'allais m'asseoir à l'extrémité des jardins en terrasse qui longent la tour
de l'*Armeria* et d'où l'on domine la *Vega* de Grenade. Là, enfoui dans des buissons de roses, je
promenais mélancoliquement mes regards sur la
ville aux maisons peintes, sur la plaine fertile
et verdoyante, sur les vives arêtes des montagnes
qui font à ce paradis une ceinture de cimes
bleues, lilas ou neigeuses, et, songeant aux dé-
sillusionnantes révélations de Pastora Florès, je
sentais mes yeux s'emplir de larmes à la vue de
toutes ces splendeurs d'où le bonheur semblait
banni pour moi. Je pleurais sur mon amour
blessé à mort, comme on dit que le roi Boabdil
pleura quand, du haut de la sierra d'Elvire, il
jeta un dernier adieu à ce royaume de Grenade
d'où il était exilé pour toujours...

Un soir, comme je sortais de l'Alhambra par
la porte du Jugement, j'aperçus, débouchant
d'une avenue d'un vert tendre, où des arbres de
Judée mêlaient leur tendre floraison rose, une
vingtaine de séminaristes de dix-huit à vingt
ans, en soutanes noires, liserées de rouge vif. Ils

cheminaient d'un pas allègre, les uns arrachant
des feuilles aux arbustes d'un talus, d'autres fumant des cigarettes ; leurs jeunes visages aux
yeux purs, aux lèvres rieuses, avaient une expression de sérénité, d'innocence et d'enjoue-
ment qui me faisait envie. Je suivis longtemps
leurs silhouettes noires et rouges se découpant
sur la fraîche verdure des massifs. Il me semblait
que c'était ma jeunesse qui passait, qui fuyait
pour toujours dans le lointain vaporeux de la
futaie, et un cruel remords me rongeait le cœur,
tandis que, la tête basse, je comparais le pécheur que j'étais aujourd'hui avec le candide et
pieux adolescent que j'avais été jadis au séminaire...

Le soir même, en rentrant chez moi, je trouvai une petite fille qui m'apportait un bouquet
d'œillets de la part de la Pamplina et qui me
transmit en même temps un message de la
danseuse :

— La señorita, me dit l'enfant, vous attendra
après l'*Angelus* à la Promenade d'été, au bord du
Genil.

J'y allai à l'heure indiquée, et j'aperçus, en
effet, la Pamplina. Elle me saisit la main, la

serra tendrement contre sa poitrine, et, m'entraînant dans une contre-allée obscure :

— Ah ! murmura-t elle, *niño* de mon cœur, il
me semble qu'il y a des années que je ne t'ai
vu !... Ce misérable Paco est à Grenade, et il est
venu me trouver pour me proposer ce qu'il n'a
pas honte d'appeler une bonne affaire... Je l'ai
reçu comme un chien ; il s'en est allé furieux...
Je sais qu'il me fait espionner par des gitanos
de l'Albaycin... Aussi, pauvre *santito*, il faudra
patienter et redoubler de sagesse... Voilà ce que
je voulais te dire ce soir en t'embrassant, et
maintenant, adios !... Ne te désole pas cependant ; j'espère avant peu trouver une maison sûre
où nous pourrons nous voir plus longuement.

En effet, quelques jours après cette courte en-
trevue, la même fillette vint me prévenir que la
Pamplina se rendrait, après la représentation,
dans une certaine maison de la côte de Peña
partida, où la petite commissionnaire devait me
conduire.

Il était dix heures de la nuit quand je quittai
mon logis, escorté par cette enfant. La Peña
partida longe la lisière de la futaie de l'Alhambra, en face de la tour des Siete-Suelos. La nuit

était pluvieuse, très obscure, et je suivais mon guide en trébuchant dans les sentiers boueux qui coupaient en écharpe la pente boisée. En quittant le couvert des arbres, nous arrivâmes à un carrefour où se dressait, isolée, une maison de pauvre apparence, dont l'unique fenêtre grillée ne laissait passer aucun rayon lumineux.

— C'est ici, murmura l'enfant.

En même temps, elle frappait violemment de son petit poing la lourde porte percée d'un guichet également grillé. Après un moment, quelqu'un de l'intérieur vint parlementer à travers le grillage ; puis, ayant probablement reçu un ordre de passe, se décida à ouvrir. La clé tourna péniblement dans la serrure ; une femme portant une lampe de cuivre entr'ouvrit le battant, me fit signe d'entrer et congédia la petite fille. Marchant sur les talons de ma nouvelle conductrice, je descendis les degrés d'un escalier humide, et je pénétrai dans une salle voûtée, assez obscure, où deux filles basanées, que je reconnus pour des gitanas du Monte-Sacro, dansaient en agitant leurs castagnettes, tandis que deux vieilles, accroupies sous le manteau de la cheminée, chauffaient leurs mains noires à un feu de souches d'olivier.

10.

Étonné de ne point voir Pastora Florès, je commençais à craindre d'être tombé dans quelque coupe-gorge, quand l'une des deux danseuses s'arrêta, me prit la main en riant, ouvrit une petite porte dissimulée au fond de la salle basse et m'introduisit dans une pièce contiguë, un peu mieux éclairée, où j'aperçus la Pamplina assise sur un vieux canapé et occupée à peler une orange.

Elle était vêtue de cette même robe d'indienne rose qu'elle portait lorsque je l'avais vue pour la première fois danser rue Amor de Dios ; le même fichu de crêpe blanc à fleurs rouges et jaunes serrait sa taille et retombait en franges soyeuses sur ses hanches ; des œillets jaunes et incarnats étaient piqués dans ses cheveux noirs.

La gitana sourit de nouveau, murmura : — *Buena noche !* et se retira en fermant la porte sur nous. Pendant ce temps, la Pamplina s'était levée et m'avait jeté les bras autour du cou.

— *Santo amado, rey de mi alma !* s'écriait-elle à travers ses baisers, enfin je te tiens et je puis te caresser à mon aise !

Elle m'avait emmené sur le canapé, et son corps serpentin s'enlaçait autour du mien, tandis que sa tête s'appuyait câlinement sur mon épaule.

— Pauvre *santito!* reprenait-elle, tu as passé
très tristement ton temps à Grenade ; mais, va,
je t'en dédommagerai, et nous aurons encore
de bons moments... D'abord l'*empresa* ne restera pas toujours ici ; dans un mois, nous irons
à Murcie, et nous y serons libres comme l'air.

Elle s'interrompait pour me donner des baisers et s'étonnait de me voir répondre à ses caresses avec plus de tiédeur que de coutume.
Bien que je fusse heureux de la retrouver, je me
sentais nerveux et une vague inquiétude me pa-
ralysait. Malgré moi, je pensais à son mari, le
mayoral, et cette désagréable image se dressait à
chaque instant devant mes yeux.

— Allons ! déride-toi, continuait-elle, ou-
blions les heures tristes, profitons de cette nuit
qui nous appartient, et vive l'amour !

Elle me serrait plus étroitement dans ses bras,
la chaleur de son corps me pénétrait, l'odeur de
géranium qui l'imprégnait commençait à me
monter à la tête et je fermais doucement les yeux.

— Aime-moi bien, soupirait-elle, et ne te tra-
casse pas l'esprit !... Ici, nous ne serons pas dé-
rangés par cette brute de Paco...

— En es-tu bien sûre ? cria tout à coup une
rageuse voix d'homme.

Nous nous levâmes, effarés, et nous nous
aperçûmes que la petite porte s'était rouverte
pour livrer passage à un fâcheux qui n'était
autre que le *mayoral*.

Nous avions été, trahis, et Sébastien Paco,
qui comptait de nombreux amis parmi les gitanos
de l'Albaycin, avait sans doute acheté pour
quelques douros la complicité de ceux auxquels
Pastora s'était confiée.

Il était là, nous narguant, le dos appuyé
contre la porte refermée. Je le vois encore,
chaussé d'alpargates blanches, tête nue, cou nu,
court du buste et carré des épaules. Il était serré
dans sa veste marron à boutons d'argent et dans
sa ceinture, ornée d'une *navaja*, dont le manche
de cuivre étoilé de rouge dépassait l'étoffe vio-
lette ; une mante de Valence était roulée autour
de son bras gauche.

— Eh ! eh ! reprit-il en ricanant, vous faites
un honnête métier, ma mie !...

— Que me veux-tu ? interrompit Pastora
d'une voix rauque en le dévisageant très bravement.

— J'ai deux mots à te dire.

— Dis-les donc et va-t'en !

— *Momento !*... Tu es bien pressée de te débarrasser de moi !... Un autre s'en fâcherait, et ferait un mauvais parti à ce jeune caballero qui a risqué sa peau pour te venir voir... Moi, je suis bon prince et je me contente de renouveler mes offres de l'autre soir... Veux-tu partir avec moi, demain, pour Malaga ?

Pastora, pâle de colère, se mordait les lèvres; brusquement elle me saisit le bras :

— Tu l'entends, Ramon !... Cela ne lui suffit pas de m'avoir vendue trois fois déjà et il veut recommencer son dégoûtant trafic !... *Gavacho,* tu peux chercher ailleurs la marchandise qui plaît à tes clients... Tiens, voilà le cas que je fais de toi !

Elle se détourna et cracha à terre en signe de mépris.

— Prends garde ! grogna Paco en serrant les poings et en marchant vers elle, un mot de plus, et de ton galant et de toi je fais deux *san Bartolomé* * !

---

* *Jasar un San Bartolome,* — tuer un homme.

J'étais sans armes et, me mettant sur la défen-
sive, je cherchais du regard quelque meuble à
jeter à la tête du *mayoral*, quand mes yeux tom-
bèrent tout à coup sur le manche de la *navajà*
qu'il portait à sa ceinture, et tandis qu'il s'avançait menaçant, d'un mouvement rapide et inattendu, j'enlevai le couteau et le brandis à deux
pouces de son visage pour le tenir en respect.
Ce fut l'affaire d'une seconde. Il jura affreuse-
ment et recula décontenancé.

— Ah ! ah ! s'écria la Pamplina, tu as trouvé
ton maître, gibier de préside !

Il s'était de nouveau appuyé à la porte et il se
dédommageait en accablant Pastora d'injures.

— *Maldita bestia!* (bête maudite) hurlait-il,
je te rattraperai !... Je te ferai ramasser par la
police et enfermer avec tes pareilles, écume de
Triana, plus souillée que la bouc des rues !...
Mes compliments sur votre maîtresse, caballero,
elle a eu plus d'amants qu'il n'y a de pavés dans
le Zacatin !

Furieuse de recevoir cette pluie d'invectives en
ma présence, la Pamplina se tordait sous l'ou-
trage comme un brin de bois vert sur le feu...
Elle me lança un noir regard flambant, frappa

du pied avec rage et me poussant par le bras:

— Tue-le !... Mais tue-le donc! me cria-t-elle, exaspérée.

Mes oreilles tintaient, de violentes bouffées de colère me montaient à la tête et m'aveuglaient... Je bondis sur Paco et lui plantai la *navajà* dans la poitrine.

Il fit : « Ha ! » et tomba la face contre terre dans un vomissement de sang.

Au bruit de la dispute, les bohémiennes de la pièce voisine étaient accourues ; l'une d'elles entr'ouvrit la porte, aperçut le cadavre et s'enfuit en se lamentant bruyamment. J'étais devenu pâle, j'avais lâché la *navajà* et je me sentais défaillir... La Pamplina me secoua avec violence.

— La police va venir, me dit-elle d'une voix brève, il ne faut pas qu'on te trouve ici... Vite! vite !

Avec la même insouciante légèreté que lorsqu'elle passait en dansant sur le manteau étendu de son danseur, elle sauta par-dessus le corps qui barrait la porte, m'entraîna tout frémissant d'horreur dans le couloir, monta quelques marches et ouvrit une lucarne qui donnait sur les champs.

— Sauve-toi par là! murmura-t-elle.

— Et toi? lui dis-je en lui prenant les mains.

— L'ouverture est trop petite, mes jupes n'y passeraient pas... Ne t'inquiète pas de moi, je saurai toujours me tirer d'affaire... Gagne la campagne et va m'attendre à Séville, faubourg de Triana, chez Juan le Colorao.

— Je ne pars qu'avec toi! répliquai-je, décidé à ne pas l'abandonner.

— Ne fais pas l'enfant, je ne crains rien, moi, tandis que, si on te trouve, c'est la prison pour toi et peut-être pis. Nous nous reverrons à Triana.

Elle me donna un dernier baiser et me poussa vers la lucarne. Déjà des rumeurs et des pas lourds retentissaient à la porte d'entrée... Elle m'aida à franchir l'étroite ouverture.

— Cours à toutes jambes, me cria-t-elle quand je fus dehors... *Adios!*

Je retombai sur la terre humide et m'enfuis par les rues de l'Antequerrula jusque dans la campagne. Au lever du soleil, j'étais loin de Grenade. J'avais eu heureusement la précaution de porter mon argent sur moi. A Atarfé, j'achetai à un gitano une mule pelée, et dans cet équipage, je repris le chemin de l'Andalousie, voyageant la nuit et me cachant le jour au fond d'obscurs villages. Après une semaine de fatigues, je vis enfin surgir à l'horizon la tour de la Giralda. Je m'arrêtai au faubourg de Triana et me logeai dans la *venta* où la Pamplina m'avait promis de venir me rejoindre.

Le même soir, à la nuit, enveloppé dans ma cape, je courus calle Dados, et je rôdai autour de la maison de Josefa Gutierrez. J'en vis sortir la señora, accompagnée d'un de mes anciens commensaux ; elle allait se promener sans doute aux Délicias, et, comme d'habitude, Manuelita gardait la maison. Dès qu'ils furent loin, je frappai à la grille du *patio*. Manuelita apparut et devint très pâle en me reconnaissant.

— Don Ramon ! s'écria-t-elle, vous nous revenez, Dieu soit loué !... Vous trouverez votre chambre en ordre comme au jour où vous êtes parti... Je vais vous y installer.

— Non, Manuelita, répondis-je tristement, je ne suis plus digne de vivre avec d'honnêtes gens et je ne resterai ici que quelques instants... Êtes-vous seule à la maison ?

— Bon Dieu ! qu'y a-t-il ?

11

— J'ai tué un homme et je suis obligé de me cacher.

Elle joignit les mains et recula effarée, ahasourdie.

— Vous le voyez, poursuivis-je, je vous fais horreur. Permettez-moi de monter un moment là-haut et d'y reprendre mes habits de prêtre, qui me serviront de déguisement.

D'un geste, elle me montra la lampe. Je m'en emparai ; je revis la chambre où j'avais vécu si heureux, j'y changeai rapidement de costume, puis faisant un paquet des vêtements encore éclaboussés du sang de Paco, je redescendis dans le *patio*, où Manuelita m'attendait en pleurant.

— Adieu ! lui dis-je, et pour toujours... Priez pour moi, mon enfant !

Elle me tendit son front ; j'osai à peine l'effleurer de mes lèvres criminelles et je m'enfuis.

Je retournai à Triana et je m'y tins caché, attendant fiévreusement la venue de Pastora Florès. Les jours s'écoulaient et elle ne paraissait pas. Je commençais à être mortellement inquiet, quand un soir je rencontrai dans la cour de la *venta* un

joueur de guitare que j'avais connu rue Amor de
Dios et qui avait suivi les danseurs à Grenade.
Je n'eus pas besoin de le questionner longtemps
pour être fixé sur mon sort. La Pamplina était
restée là-bas et elle m'avait oublié... Accusée de
complicité dans le meurtre de Paco, elle avait eu
recours à la protection d'un aide-de-camp du
capitaine-général, et celui-ci l'ayant tirée d'affaire, elle était devenue sa maître ?. — Que
voulez-vous, señor caballero? me dit le guita-
riste avec un sourire; l'officier était beau garçon
et il lui avait rendu service. La Pamplina n'est
pas fille à marchander sa reconnaissance, et elle
lui aura donné bonne mesure !...

C'était le coup de grâce! La femme à qui
j'avais tout sacrifié me trahissait, j'avais la mort
d'un homme sur la conscience, mon avenir était
brisé, et je me faisais honte à moi-même. Je résolus d'en finir au plus vite avec ma misérable
existence; je quitai Séville et je m'enrôlai dans
une des bandes carlistes qui se formaient dans la
Sierra-Morena. A cette époque, Cabrera guer-
royait dans la province de Valence, nous allâmes
le rejoindre et je pris part, sous ses ordres, à la
campagne de l'Èbre. Je me battais en désespéré,

je ne cherchais qu'à me faire tuer. Au combat
de la Cenia, je reçus une balle dans la poitrine :
j'espérais bien en mourir, mais Dieu ne voulait
pas encore de moi : on me soigna, on me guérit,
je remontai à cheval et j'arrivai à Berga au moment où Cabrera passait en France avec les débris de son armée... Toute résistance était devenue impossible ; j'errai pendant quelques jours
dans les Pyrénées ; j'atteignis Perpignan à demi
mort de faim et de fatigue, et me voici...

L'histoire de don Ramon m'intéressait si vivement que j'avais passé ma tête hors du rideau
pour mieux entendre... Dans un mouvement que
je fis pour allonger le cou, mon livre, glissant
de mes genoux, tomba à terre, et les deux Espagnols s'aperçurent tout d'un coup de ma présence.

— Quel est cet enfant ? demanda don Ramon
en fronçant le sourcil.

— Un voisin... *Non importa !* répondit l'abbé
Palacios... Va-t'en, petit, laisse-nous... Le señor
et moi avons à causer de choses sérieuses.

Je sortis, à mon grand regret, et je n'eus plus
l'occasion de revoir don Ramon, bien qu'il se
fût établi à Villotte. A la fin des vacances, ma

famille quitta le pays et je n'y revins qu'au bout
d'une quinzaine d'années...

J'y retrouvai don Palomino Palacios logeant
toujours chez nos anciennes voisines et disant
fidèlement, chaque matin, sa messe à la paroisse
Notre-Dame. Seulement, il mêlait le profane au
sacré ; — pour occuper ses loisirs et grossir son
casuel, le vieux guerillero vendait du chocolat de
Bayonne aux dévotes du quartier. — Quant à
don Ramon, six mois après son arrivée à Villotte,
il était mort d'une maladie de poitrine à l'hôpi-
tal En me promenant au cimetière, je décou-
vris sa tombe à demi enfouie sous des touffes
d'armoise. Son nom seul était inscrit sur la
pierre, et, en guise d'épitaphe, don Palomino
avait fait graver les quatre vers de la vieille
petenera andalouse :

> Una mujé fué la causa
> De mi perdision primera ;
> No hay perdision en er mundo
> Que per mujeres no benga.

MARIE-ANGE

MARIE-ANGE

I

E N 1873, Jean Trémereuc, ayant jeté aux orties sa robe d'avocat, parvint à faire jouer à l'Odéon un petit acte en vers, intitulé : *Le Trèfle à quatre feuilles.* Après les alternatives fiévreuses des répétitions suspendues et reprises, cette pièce à trois personnages passa en novembre et servit de début à une charmante fille nommée Pascaline Rey. Grâce à une situation touchante, à de jolis vers

11.

et surtout à la brune et originale beauté de la débutante, *Le Trèfle à quatre feuilles* eut ce qu'on est convenu d'appeler un succès littéraire. Malheureusement son sort était lié à celui de la pièce principale, et, celle-ci ne faisant pas d'argent, il disparut de l'affiche avec elle, après vingt représentations. Comme fiche de consolation, le directeur promit à Jean Trémereuc que sa pièce serait reprise, qu'elle resterait au répertoire, etc. ; de plus il l'engagea chaleureusement à profiter de son succès et à écrire une œuvre en prose, plus étoffée, plus importante, à laquelle il promit un tour de faveur.

Réconforté par ce « bon billet à La Châtre », Jean regagna son cinquième de la rue Madame et se mit la cervelle à l'envers afin de trouver un sujet de pièce, où il y aurait un beau rôle pour Pascaline Rey. — Pendant les répétitions et les représentations du *Trèfle*, il avait été féru pour la jolie débutante aux prunelles brunes et aux cheveux noirs crêpelés ; mais, comme il était timide en amour, Pascaline n'avait guère pris garde à ce soupirant, trop pauvre hère à ses yeux. Il avait dû se contenter de cette menue monnaie de faveurs banales que toute actrice donne à l'auteur de la pièce où elle joue : — œillades veloutées, baisemains et sourires allé- chants. — Il espérait toutefois que, lorsqu'il reparaîtrait avec une pièce reçue, où il y aurait un beau rôle d'amoureuse, Pascaline se montre- rait meilleure princesse.

La nouvelle œuvre écrite, non sans peine, il accourut, plein d'illusions, déposer son manus- crit entre les mains du directeur, qui lui promit une prompte lecture. En effet, au bout de trois mois, il reçut de la direction une lettre fort complimenteuse : — « Sa pièce était charmante, malheureusement elle ne possédait pas les qua- lités théâtrales nécessaires pour assurer un succès d'argent. Le directeur, s'il n'écoutait que son goût, serait fier de monter des pièces comme celle-là, mais il fallait vivre, et les succès litté- raires n'emplissaient pas la caisse, etc. » Bref, on refusait son drame.

Jean Trémereuc était un garçon de vingt-cinq ans, rêveur, contemplatif et peu taillé pour la lutte. Son front, encadré de cheveux châtains trop fins, avait des contours adoucis et fuyants qui indiquaient plus de sensibilité que de volonté ; ses grands yeux bleus regardaient au loin de cet air méditatif et voilé qui convient mieux aux poètes qu'aux hommes d'action. En somme, il manquait de cette activité opiniâtre et patiente, si nécessaire dans la carrière du théâtre, et ce premier échec le rebuta. Il était en train de se demander s'il ne s'était pas trompé sur sa vocation, quand un sien cousin, qui habitait aux environs de Saint-Malo, mourut subitement en lui léguant dix mille francs de rente, plus un domaine, moitié ferme et moitié manoir, situé à Morgrève-en-Saint-Briac.

Cet héritage inattendu modifia les façons de voir en même temps qu'il changea la vie de Trémereuc. Il ne renonça pas formellement à écrire, mais ses récents déboires l'avaient dégoûté de l'existence parisienne. Maintenant qu'il était largement assuré du pain quotidien, il résolut de s'établir en province, d'y travailler à ses heures et seulement quand viendrait l'inspiration. Il avait toujours aimé la campagne et il se hâta d'aller prendre possession de son nouveau domaine.

Morgrève lui plut. C'était un manoir à tourelles, perché, à une demie-lieue de Saint-Briac, sur une hauteur dont l'un des versants

regardait la mer, et dont l'autre, couvert de châ-
taigneraies, descendait jusqu'à un étang encaissé
dans les bois. Le site était paisible, plantureux et
vert, avec des coins très intimes, et, par endroits,
d'admirables échappées sur les capricieuses découpures de la côte, sur les îlots rocheux où la
mer bleue moutonnait en écumes blanches. Jean
s'y installa avec amour. Une bibliothèque abon-
damment pourvue lui promettait d'agréables
lectures pour les longues soirées d'hiver; des
journaux et des revues le tenaient au courant du
mouvement intellectuel, et, afin de ne pas trop
se rouiller, il avait projeté de faire une fugue à
Paris deux fois l'an, au printemps et à l'automne.
La première année, il exécuta fidèlement cette
partie de son programme; l'an d'après, ses amis
le virent encore débarquer pour l'ouverture du
Salon. Il apportait à une revue un cycle de poè-
mes rustiques, afin de prouver, disait-il que la
campagne ne l'avait pas trop encroûté. — Puis,
il ne reparut plus, il ne donna signe de vie à
personne; le silence poussa autour de son nom,
comme l'herbe autour du pavé d'une rue de province; et quand, par hasard, aux dîners de la
Marmite ou de la *Macédoine*, un revenant de-

mandait de ses nouvelles : — Trémereuc ! répon-
dait-on, fini, embourgeoisé, enlisé, un homme à
la mer ! — Et on parlait d'autre chose.

Or, voici ce qui était arrivé :

Un après-midi de septembre, Jean Trémereuc descendait de Morgrève à Saint-Briac, à
travers les pâtis de Lancieux. Il faisait un joli
temps d'automne : un ciel d'un blanc moelleux
entrecoupé de trouées d'azur, point ou peu de
soleil et une légère brise marine qui apportait
des odeurs de varech. La mer, qui s'était retirée
très loin, laissait à nu de longues plaines de
sable d'un jaune pâle, semées de rochers bruns,
au delà desquels on la voyait s'étendre, laiteuse,
avec, çà et là, des tâches d'un vert délicieuse-
ment attendri. Tout était calme, voilé, assoupi
et comme lavé de teintes fraîches d'une exquise
finesse, depuis le bleu promontoire du cap
Fréhel, à gauche, jusqu'aux bastions de Saint-
Malo, à droite, et à la pointe lilas clair de Ro-
thiéneuf. — Au moment où il contournait le
sentier pierreux qui mène à la Croix-des-Marins,
Jean rencontra un fille de dix-huit ans, qui
remontait de la grève, où elle venait de pêcher
des *lançons*. Elle était coiffée d'un mouchoir d'in-

dienne, noué en mentonnière, et malgré le négligé de son accoutrement de pêcheuse, elle offrait un des plus jolis types de ce pays de Saint-Briac, où les femmes sont renommées pour leur beauté. — Sa jupe rose, retroussée jusqu'aux genoux, découvrait une paire de jambes nues aux chevilles fines, aux mollets fermes et bruns ; son buste rond et souple se montrait en toute liberté sous le casaquin bleu largement ouvert, et de la chemise mal nouée jaillissait un cou frais, supportant une tête à l'ovale allongé, au teint rosé sous le hâle, aux cheveux noirs frisottants, où de grands yeux bleus et un bouche aux lèvres charnues, souriaient de la plus affriolante façon.

« Voulez-vous me vendre vos lançons, mon enfant ? » demanda Jean émerveillé, uniquement pour entrer en propos.

La jeune fille, qui ne paraissait nullement farouche, s'arrêta, dévisagea son interlocuteur, auquel elle trouva bonne mine, puis avec un sourire enjôleur qui découvrait d'éblouissantes dents blanches et mouillées :

« Excusez, dit-elle, ils ne sont pas à vendre… Je les porte à la cuisinière de Morgrève, qui les a retenus pour son maître.

— Ce maître, c'est moi, répliqua Jean, et puisque vous allez au manoir, nous nous en retournerons en compagnie. »

La pêcheuse de lançons rougit légèrement, sourit de nouveau, et, modelant son pas sur celui de Trémereuc, se mit à cheminer près de lui.

Ils laissèrent le village à gauche et gagnèrent la hauteur par un chemin creux, où des buissons de houx et de grands châtaigniers les enfermaient sous un épais couvert de feuillée. Chemin faisant, ils jasèrent familièrement. La fillette n'était pas timide et avait une embobelinante façon de regarder le monde. Au bout d'un quart d'heure, Jean Trémereuc savait qu'elle se nommait Marie-Ange Jutel; que son père, parti depuis deux ans pour le banc de Terre-Neuve, n'avait plus donné de ses nouvelles; qu'elle vivait très pauvrement avec sa mère la Jutelle, pêchant sur la grève et façonnant de la dentelle bretonne, en attendant qu'elle pût se louer dans quelque métairie.

« Est-ce que ça vous amuse d'aller en condition? » demanda Jean.

Les lèvres de Marie-Ange ébauchèrent une moue mélancolique.

« On ne fait pas ce que l'on veut, » murmura-t-elle, « et quand on est pauvre, on prend ce que le bon Dieu vous donne.

— Il vous a donné de beaux yeux repartit galamment Trémereuc, et c'est déjà un joli cadeau. »

Elle sourit d'un air qui signifiait : — Ça, il y a longtemps que je le sais ! — et, pour remercier Jean de son compliment, ses yeux bleus lui coulèrent leur plus appétissant regard.

Une fois la conversation sur ce terrain, dans ce chemin vert et touffu, entre une fille de dix-huit ans qui était coquette, et un garçon de vingt-six ans qui avait le tempérament amoureux, les choses allèrent bon train. A un certain endroit, il fallut sauter un fossé et franchir un échalier, et tout naturellement il se trouva que Jean souleva Marie-Ange Jutel en lui enlaçant la taille, puis avant de la déposer de l'autre côté du talus, lui appliqua sur le cou deux baisers qu'elle reçut sans trop se fâcher.

Ils cheminèrent ensuite silencieusement, un peu étonnés et embarrassés eux-mêmes de la tournure qu'avait prise rapidement leur entretien ; mais au moment où on apercevait les tourelles de Morgrève au-dessus d'un massif de tilleuls, Jean Trémereuc dit brusquement à Marie-Ange :

« Vous plairait-il d'entrer en service à Morgrève? »

La jeune fille devint cramoisie et ses yeux étincelèrent.

« Moi, répondit-elle, je ne demande pas mieux, si ma mère est consentante... »

Comme on pense, la Jutelle ne fit pas d'objections. La place était bonne et elle ne pouvait espérer mieux pour sa fille. Huit jours après, Marie-Ange arriva à Morgrève en coiffe de cérémonie, avec son petit châle de laine croisé sur la poitrine et froncé par derrière de façon à découvrir le cou blanc où retombaient deux nattes épaisses de cheveux noirs comme des *lucets* *. — On l'installa comme chambrière et une quinzaine ne s'était point passée qu'elle échangeait cet humble emploi pour la position plus avantageuse, sinon plus avouable, de servante-maîtresse. Cela eut lieu le plus uniment du monde. Un matin, elle entra par hasard dans la chambre

---

* Baies noires de l'airelle myrtille.

du maître. Elle était tête nue, et ses abondants
cheveux noirs frisottants faisaient mieux ressortir
encore l'éclat de ses yeux d'un bleu sombre, la
rougeur de ses lèvres pulpeuses. Jean lui dit
qu'elle était jolie, et elle sourit ; il ajouta qu'il
l'adorait, et elle sourit encore en savourant
comme du miel les douceurs que le jeune maître
lui balbutiait à l'oreille. Il la prit dans ses bras,
elle frissonna d'aise en se serrant contre sa poitrine et elle y resta, levant vers lui des yeux
humides et reconnaissants, tandis qu'il la baisait
à pleines lèvres...

Et c'est ainsi, selon le dicton du pays, que le
grillon d'amour chanta au foyer de Morgrève.
Marie-Ange trouvait le jeune homme à son gré,
elle était fière d'avoir été distinguée par lui, elle
l'aima avec ferveur, sans remords, sans arrière-
pensée. Elle était tendre, passionnée, naïvement
sensuelle, et elle lui donna du bonheur sans
compter. Jean, qui n'avait pas été gâté sous ce
rapport, goûta pleinement à toutes les délices de
l'amour partagé. — Il y a des natures qui sem-
blent créées tout spécialement pour comprendre
et pratiquer l'amour ; elles en savent par intui-
tion et prescience toutes les mignardises et tous

les raffinements. Marie-Ange était de ces natures-
là, et très ingénument, avec une tendresse à la
fois voluptueuse et chaste, elle plongea Trémereuc dans un si délectable bain de plaisir, qu'il en
oublia le reste du monde.

Autour de lui, on cria bien un peu au scan-
dale, mais il n'en prit point souci. Marie-Ange,
d'ailleurs, avait du tact et savait se tenir à sa
place. Elle n'avait point quitté ses habits de paysanne ; seulement sa coiffe, d'un blanc de neige,
était ornée de fines dentelles, et son tablier de
soie à bavette dessinait admirablement la souple
rondeur de son buste. Jean ne l'en aimait que
mieux et ne se rassasiait pas de le lui dire.
— Les jours se passaient ainsi, mollement,
nonchalamment, entrecoupés de plaisirs tout
rustiques. Jean chassait, pêchait, faisait valoir
ses terres et vivait plantureusement. Lui, qui
était arrivé à Morgrève, svelte et maigre, avait
maintenant les joues pleines et commençait à
prendre du ventre. Il n'écrivait plus guère, ne
songeait à la littérature que pour en rire et s'enfonçait jusqu'aux oreilles dans son paresseux
bonheur. Quand il repensait au temps d'autrefois, Paris lui paraissait éloigné et confus, comme

ces îles qu'il apercevait de sa fenêtre, et qui, estompées d'une brume lilas, semblaient se confondre avec les flocons de nuages que le vent d'est éparpillait tout là-bas, sur la mer, aux extrêmes confins de l'horizon.

II

LA puissance mystérieuse qui préside à la vie humaine a sagement fait d'y clairsemer les instants heureux, car l'homme est ainsi bâti, qu'il se lasse promptement d'un bonheur trop uniforme. Il maugrée contre la tempête, et une trop longue continuité de ciel bleu le fatigue ou l'endort. — Deux ans s'étaient écoulés, et Jean Trémereuc commençait à trouver que l'amour tout seul ne suffit pas à assaisonner la vie d'un poète, même quand ce poète est un rêveur et un paresseux. L'amour de Marie-Ange restait pourtant toujours aussi tendre et aussi passionné, mais la conversation de la jolie fille était beaucoup moins captivante que ses caresses, et Jean s'apercevait peu à peu de l'étroitesse du cercle intellectuel dans lequel il

s'était confiné. Il passait parfois une semaine à
Dinan, et, dans la saison des bains, on le voyait
souvent sur la route de Dinard. Marie-Ange ne
s'en effarouchait pas. Elle aimait trop profondément le maître de Morgrève pour ne point se
soumettre à ses fantaisies. A défaut de culture
d'esprit, elle avait l'intelligence du cœur, — la
meilleure de toutes, — et elle comprenait que
sa conversation d'illettrée ne pouvait suffire à
distraire Jean Trémereuc. Quand il rentrait au
manoir, elle l'accueillait par un redoublement
de tendresse, et c'était la seule façon dont elle
lui marquait l'inquiétude que lui causaient ses
absences.

Un soir de la fin d'août, comme Trémereuc
flânait aux environs de la baie de l'Écluse, ses
yeux furent brusquement attirés par l'affiche du
Casino. On y annonçait pour le jour même sa
propre pièce : *Le Trèfle à quatre feuilles*, jouée
par des acteurs de Paris en représentation à
Dinard, et en belle vue, au milieu de l'affiche, il
lut le nom de Mlle Pascaline Rey imprimé en
gros caractères. Son amour-propre d'auteur fut
doucement chatouillé, en même temps qu'un
léger battement de cœur remuait sa poitrine au

souvenir de la séduisante artiste pour laquelle il
avait soupiré jadis. Il résolut d'assister à la représentation.

A huit heures et demie, il était blotti l'un des
premiers dans une encoignure de la salle du
Casino, et il attendait avec une certaine émotion
le moment où le spectacle commencerait.

Vers neuf heures, l'orchestre joua une valse,
puis le rideau se leva et Pascaline entra en scène.
Elle était toujours aussi jolie, bien que ses yeux
fussent un peu cernés et que sa voix eût perdu
ses notes pures d'autrefois. Elle avait conservé
ces allures câlines et brusques en même temps,
ces prunelles flambantes sous les longs cils bruns,
et cette moutonnante chevelure noire qui la faisaient ressembler à la Salomé de Regnault.
Malgré la pauvreté de la mise en scène et la
médiocrité des autres interprètes, Trémereuc
éprouva un plaisir indicible à revoir son œuvre
et surtout à entendre Pascaline, qui jouait avec
beaucoup de naturel, et dont la verve mordante
était saluée par de nombreux applaudissements.
Après le rappel final et la chute du rideau, il se
fit indiquer le salon qui servait de foyer aux
acteurs et fit passer sa carte à Pascaline.

Deux minutes après, elle accourait vers lui,
les mains tendues, sans avoir même pris le temps
d'ôter son costume de théâtre.

« Voilà une surprise ! s'écria-t-elle en riant, on
vous croyait mort... Je suis aise de vous voir
encore en chair et en os... et surtout bien en
chair.

— Je ne voulais point partir sans vous remercier, dit Jean un peu intimidé, vous avez joué
comme un ange.

— Bien vrai ?... Je suis joliment contente que
vous vous soyez trouvé au Casino... Mais vous
n'allez pas partir comme ça... Êtes-vous seul ici?

— Oui... et vous? ajouta-t-il en rougissant.

— Absolument seule... C'est par hasard et
pour rendre service à un camarade que j'ai joué
ce soir, mais je ne compte pas recommencer et
je repartirai probablement demain.

— En ce cas, vous seriez bien aimable de me
permettre de vous offrir à souper.

— Accepté... à condition que nous souperons
à mon hôtel. »

Cet hôtel était précisément celui où Jean descendait d'ordinaire. — A minuit sonnant, ils
étaient assis en tête-à-tête dans un petit salon,

devant une table gaîment éclairée, où on leur
avait servi du poisson, une volaille et du champagne.

Naturellement Paris et le théâtre firent les frais
de la conversation. Tout en épluchant des cre-
vettes, Pascaline mit Trémereuc au courant de ce
qui s'était passé depuis qu'il avait quitté la
grand'ville. Elle lui conta le mariage de celui-ci,
la toquade de celle-là pour un chanteur de café-
concert... La petite Colette, qui jouait si bien
les ingénues, était morte en couches, la grande
Eva avait épousé un sous-préfet, le drame de X...
avait fait un four... Tous les *potins* des coulisses
se succédèrent comme les grains d'un chapelet
et Jean y prit un intérêt très vif. Il était heureux
d'entendre reparler une langue qu'il avait quasi
oubliée ; il lui semblait que, par la fenêtre ouverte, le joyeux bourdonnement de Paris arrivait jusqu'à lui. Par échappées, Pascaline lui
contait un peu aussi son histoire. — Elle avait
abandonné l'Odéon pour jouer dans un théâtre
de genre du boulevard, mais elle en avait déjà
assez et tout était rompu. — Ce qu'elle ne disait
pas, c'est qu'un moment elle avait espéré épouser un des principaux acteurs de ce théâtre ; il

en avait été sérieusement question pendant un mois, puis l'affaire avait manqué, et de dépit elle avait résilié son engagement. — Maintenant elle était fort perplexe. On lui avait proposé d'entrer aux Français, mais elle ne s'en souciait qu'à moitié et préférait s'en aller en Russie où on lui offrait un premier emploi et des appointements magnifiques.

« En somme, dit Trémereuc, en lui coulant une timide œillade, en ce moment vous êtes libre ?

— Libre comme l'air.

— Eh bien, savez-vous ce que vous devriez faire ? reprit-il, légèrement grisé par le champagne et par les yeux flambants de Pascaline, si vous étiez bien gentille, vous viendriez passer quelques jours chez moi, à Morgrève .. Je serais enchanté de vous faire les honneurs de mon ermitage. »

L'idée parut amusante à Pascaline. Elle pressentait vaguement que Jean Trémereuc avait une douceur de cœur pour elle, et un intermède amoureux au fond d'un manoir breton n'était pas pour lui déplaire.

« J'accepte, répondit-elle en tendant ses deux

mains à Jean, qui les baisa avec ferveur... Ma
femme de chambre me demande un congé d'une
semaine pour aller voir des parents qui habitent
près d'ici... Je lui donnerai campos dès demain,
et nous partirons quand vous voudrez... Y a-t-il
loin d'ici à votre ermitage?

— Trois petites lieues.

— Eh bien, à demain matin... Et en attendant, allons nous coucher sagement chacun chez
nous. »

III

E lendemain, après le déjeuner, un landau de louage emportait vers Morgrève Pascaline Rey, accompagnée de l'heureux Trémereuc. La journée était belle. Le ciel, ouaté de nuages blancs, envoyait de lumineux sourires aux villas de Dinard, tapissées de jasmins et de rosiers grimpants. La route était charmante, bordée de pâtures et de vergers, qui alternaient agréablement avec les maisons de campagne. De temps à autre, sur une hauteur, on apercevait, entre les découpures d'une falaise, la mer bleue, où se penchaient çà et là des voiles blanches ; puis, le chemin s'enfonçait de nouveau entre des bordures de chênes et de châtaigniers, dont les fûts ébranchés laissaient voir tantôt un carré de sarrazin

12.

aux tiges roses, tantôt une prairie où des vaches brunes paissaient parmi des pommiers trapus.

Pascaline, vêtue d'un élégant costume de voyage couleur beige, coiffée d'un triomphant chapeau Rembrandt, était enchantée de cette fugue imprévue. Elle s'amusait des moindres incidents de la route, saluait les casseurs de pierres, jetait des sous aux petits pâtres qui se dressaient curieusement à la crête des talus, chantait à pleine voix des refrains d'opérette et riait de l'ébahissement des passants. — Jean la trouvait adorable, et ses yeux le disaient du reste. Il regardait d'un air admiratif sa taille, serrée dans un gilet de soie à raies brunes et maïs, sa poitrine ronde, dont le va-et-vient soulevait les revers de sa veste de velours, ses pieds mignons chaussés de bottines de cuir jaune et posés paresseusement sur la banquette. Il respirait voluptueusement le pénétrant parfum de peau d'Espagne qui imprégnait les vêtements de la comédienne, — et tous ces détails de toilette l'émerveillaient comme autant de nouveautés provocantes.

Pourtant, à mesure qu'on se rapprochait de Morgrève, son naturel timide reprenait le dessus.

Il se sentait moins à l'aise et se demandait, non sans inquiétude, comment Marie-Ange Jutel accueillerait cette visiteuse inattendue.

En effet, quand la voiture tourna dans la cour herbeuse du manoir, et qu'au bruit des roues, Marie-Ange accourut sur le perron, le méfiant et noir regard qu'elle jeta sur l'étrangère n'était nullement encourageant. Ses lèvres avaient soudain pâli, ses sourcils s'étaient froncés, et sournoisement, silencieusement, sans plus bouger qu'une statue, elle dévisageait cette belle fille brune, dont les éclats de rire tapageurs et l'étrange toilette ne lui disaient rien de bon. Devant cette attitude hostile, Jean Trémereuc comprit qu'il fallait parler en maître. D'une voix brève, il ordonna de préparer la meilleure chambre pour Mme Rey, — une amie à lui, qui passerait plusieurs jours à Morgrève. — En entendant formuler cet ordre avec un accent impératif, Marie-Ange tressaillit, et, baissant la tête, de l'air navré d'un chien battu, disparut dans les profondeurs du vestibule.

Pascaline Rey sauta à terre, défripa ses jupes, et, en attendant qu'on préparât l'appartement mis à sa disposition, consentit à faire un tour de promenade au bras de Jean, qui semblait très désireux de lui montrer les plus jolis coins de son domaine. — Ils traversèrent la salle à manger lambrissée de châtaignier et meublée d'armoires aux cuivres étincelants, le salon tendu de verdures sur lesquelles de vieux portraits détachaient l'or terni de leur cadre, puis ils descendirent au jardin ; — un antique jardin à la française, passablement négligé, où il y avait des buis en boule, des fuchsias hauts comme des arbres, des enchevêtrements de jasmins, de grenadilles et de rosiers grimpants. — On passa au verger dont les murs étaient cachés par des aveliniers touffus, où les pommiers pliaient sous les pommes et où les pruniers laissaient pendre au ras de terre leurs branches chargées de prunes violettes. — La comédienne poussa des cris de joie ; la vue de cette abondance de fruits lui redonnait des fantaisies et des gourmandises d'écolière. Elle se haussait sur la pointe des pieds, tendait son beau bras pour cueillir une prune ou une noisette, et cet exercice faisait merveilleusement valoir aux yeux de Jean la cambrure de sa taille et le modelé de son corsage.

Au sortir du verger, on déboucha sous une futaie de châtaigniers qui dévalait rapidement vers une longue nappe d'eau dont on apercevait le miroitement d'acier à travers les ramures.

« Ça, c'est le *clou* de notre promenade », dit Trémereuc en soutenant de son bras Pascaline, dont les pieds glissaient dans l'abrupt sentier en zigzag qui conduisait vers la berge, — « c'est l'étang de Morgrève. »

L'étang s'allongeait à perte de vue entre les deux pentes d'une gorge boisée. Sur les deux rives, les branches des hêtres et des châtaigniers trempaient dans l'eau brune semée de nénuphars. Des hirondelles, véloces comme des flèches, frisaient du bout de leur aile noire cette surface endormie. Tout au fond, dans une brume bleuâtre, un poudroiement de soleil entre les arbres criblait la nappe brune de paillettes argentées.

« Quel joli décor pour le *quatrième* de Hamlet ! » s'écria Pascaline en battant des mains.

Un canot était amarré à la berge. Jean y fit entrer la comédienne et godilla vigoureusement.

La rive opposée était plus abrupte encore que celle qu'ils venaient de quitter. Le sol boisé

s'y relevait presque à pic, entrecoupé de blocs
de granit qui surplombaient au-dessus de l'eau
profonde. Un sentier de chèvres, dont les gradins
étaient creusés dans le roc, permettait seul d'arriver au sommet de la futaie. Plus d'une fois,
Trémereuc dut tendre les mains à Pascaline pour
lui faciliter l'ascension, et plus d'une fois les
incidents de cette escalade lui donnèrent la
bonne fortune d'admirer une jambe suavement
moulée dans un bas de soie fauve à coins bleus,
ou de sentir plier sous son bras une taille déli-
cieusement souple.

Le sommet atteint, ils s'arrêtèrent un moment,
elle pour reprendre haleine, lui pour se remettre
du trouble que lui avait causé la beauté de la
comédienne.

Au-dessous d'eux, il y avait un onduleux
moutonnement de feuillage, une longue coulée
de verdure luisante ; au delà, un moulin babil-
lait, alimenté par l'eau de l'étang ; plus loin, des
prairies s'étendaient, encadrées de hauts buissons,
des toitures de chaumes et des meules pointaient
au-dessus des vergers, les taillis succédaient aux
pâtures, enfin à l'horizon une bande de mer
glauque scintillait.

« D'où vient, demanda Pascaline, ce bruit frais qui monte dans les arbres?

— C'est le bruit des roues du moulin de Morgrève.

— Et là-haut, qu'est-ce que ces toits entourés de tas de paille?

— Ce sont les métairies de Morgrève.

— Peste! Savez-vous bien que vous rivalisez avec le marquis de Carabas! »

Elle resta silencieuse un bout de temps. Il semblait qu'un petit travail se faisait dans son cerveau. Puis, relevant la tête et riant:

« Toute cette nature donne faim, » reprit-elle, « si nous regagnions la salle à manger de Morgrève? »

Au retour, elle s'appuya avec plus d'abandon sur le bras de Trémereuc et ses yeux bruns s'arrêtèrent sur ceux du jeune homme, avec une douceur singulièrement attirante. Le poète en avait quasi la chair de poule. — On dîna de bonne humeur et de bon appétit, puis, comme Pascaline se sentait lasse, elle manifesta le désir de se coucher tôt. Jean la conduisit jusqu'au seuil de son appartement, lui baisa les mains et prit congé d'elle.

En rentrant dans sa propre chambre, il y
trouva Marie-Ange, qui feignait d'être très affairée à la pose d'un rideau. Dès qu'elle l'aperçut,
elle détourna la tête d'un air irrité. Jean, qui
n'avait pas la conscience tranquille, crut devoir
faire le bon apôtre. Saisissant Marie-Ange par
les épaules, il la força de se retourner :

« Tu boudes donc, mauvaise ? » murmura-t-il.

Marie-Ange releva vers lui ses yeux humides :
— « Oui, je boude, » grommela-t-elle. « Qu'est-
ce que c'est que cette dame ?

— Je te le répète, une de mes amies... c'est-
à-dire la femme d'un de mes amis.

—Vous me jurez qu'elle ne vous est rien autre?

— Quelle idée !... Je l'ai rencontrée par
hasard au Casino, elle a désiré connaître Morgrève et y passer quelques jours... Je ne pouvais dire non... Elle s'en ira à la fin de la semaine,
et voilà tout.

— Est-ce la vraie vérité?

— Parbleu, tu le verras bien... Allons, ma
mignonne, viens m'embrasser.

Marie-Ange jeta sa tête sur la poitrine de
Trémereuc, et, le serrant dans ses bras avec un
élan de passion sauvage :

« Oh ! Jean, balbutia-t-elle en sanglotant, ne me trompe pas, ne me trompe pas !... Je t'en prie !... »

———

)

IV

N touchait au 20 septembre. L'automne était exceptionnellement belle, dorée et ensoleillée à souhait. Un ciel clair, un air fondant, une mer lustrée comme de la soie; partout une molle odeur de fruits mûrs, partout des gazouillements d'oiseaux. Le vent du sud-est apportait jusque dans le verger, où Marie-Ange étendait du linge, le rire éclatant de Pascaline, attablée avec Trémereuc dans la salle à manger. — Il y avait plus de trois semaines que la comédienne était à Morgrève, et elle ne parlait point de partir. Au commencement, Marie-Ange, rassurée par les protestations de Trémereuc et comptant d'ailleurs sur un prochain départ, avait fait bonne figure à la visiteuse. Elle s'était même apprivoisée au point de lui offrir ses services comme camériste, et Pascaline les avait acceptés sans façon ; mais à mesure que cette dernière prolongeait son séjour au manoir, l'inquiétude reprenait la soupçonneuse paysanne et la jalousie la travaillait de nouveau.

Vraiment, il y avait de quoi, et Pascaline ne cachait pas assez son jeu. Elle agissait un peu trop comme si elle eût été maîtresse souveraine à Morgrève, réglant les menus des repas, cueillant les fruits, dont elle expédiait des panerées à ses camarades de Paris, allant elle-même récolter les œufs dans le poulailler et surveiller la manipulation du beurre à la laiterie. Cela l'amusait de jouer à la châtelaine, et cette vie rustique, qui avait pour elle toute la fraîcheur de la nouveauté, faisait une agréable diversion à son existence de cabotine.

D'ailleurs, depuis le premier jour de son arrivée au manoir, de secrètes idées ambitieuses poussaient dans son cerveau. Elle songeait que Trémereuc avait une jolie fortune, et qu'il y aurait plaisir et profit à devenir pour tout de bon la maîtresse légitime du domaine de Morgrève. — Cela vaudrait mieux encore que de se faire épouser par un acteur, fût-il chef d'emploi. — Elle voyait déjà la tête des petites camarades, quand elle leur annoncerait son mariage sur du papier anglais à son chiffre, portant comme exergue : « Château de Morgrève » gravé en lettres gothiques. — Pour cela, il n'y avait qu'à allumer suffisamment Trémereuc pour qu'il ne crût pas payer trop cher son bonheur, en le régularisant par-devant le maire et le curé de Saint-Briac.

Pascaline avait trop l'habitude des planches pour ne pas savoir comme il faut manœuvrer en pareil cas. D'abord, il lui avait semblé original de faire une fugue avec le poète et de se payer trois ou quatre bonnes journées d'amour en pleine sauvagerie bretonne ; mais la réflexion était venue à l'aspect du plantureux domaine de Morgrève, et la comédienne s'était dit qu'au lieu de satisfaire bêtement un caprice, il y avait plus gros à gagner en tenant la dragée haute à Jean Trémereuc et en le rendant sérieusement amoureux.

Il faut convenir du reste qu'elle travaillait merveilleusement à exécuter son plan. Elle y employait le vert et le sec : toilettes savamment voluptueuses, œillades attirantes, sourires ensorcelants, serrements de mains machiavéliquement prolongés. Avec un art raffiné et une grâce provocante, elle prodiguait à Trémereuc toutes les chatteries qui pouvaient incendier son tempérament facilement inflammable. N'étant nullement prude, elle lui laissait apercevoir de sa beauté tout ce qu'il fallait pour faire désirer le reste. Elle lui permettait libéralement ces alléchantes privautés, que nos pères baptisaient du nom de *petite oie;* mais quand le poète, chauffé à grand feu, était monté au *summum* du désir, elle tirait prestement l'échelle, se retranchant derrière sa dignité et le rembarrant avec de brusques regards sévères.

Marie-Ange, à qui la jalousie ouvrait les yeux, avait deviné peu à peu tout ce manège. Bouillonnant d'une colère sourde, le cœur meurtri et ulcéré, elle cachait sauvagement son indignation sous un masque de sournoiserie paysanne. — Quoi, cette Parisienne voulait épouser le maître de Morgrève?... Encore, si c'eût été une dame pour de vrai, mais une comédienne, une *rouleuse!...* Car Marie-Ange n'ignorait rien; Pascaline, habituée à jaser familièrement avec ses femmes de chambre, n'avait pu se tenir de lui conter ses succès au théâtre. — C'était cette

créature qui visait à devenir Madame Jean Trémereuc, quand elle, Marie-Ange, bien qu'elle
aimât le maître avec tout le sang de son cœur,
n'avait jamais songé, même en rêve, à être autre
chose que sa servante !... Et Trémereuc se laissait
prendre aux mines enjôleuses et aux diaboliques
sorcelleries de cette réprouvée !... La pauvre
fille ne pouvait même plus en douter; il la
trompait, il était cousu aux jupes de cette bala-
dine qui le traînait derrière elle comme un chien
en laisse... On en jasait déjà dans la paroisse...
Non, non, c'était trop de malheur !...

Tout en étendant son linge, Marie-Ange se
ruminait toutes ces choses ; des bouffées de colère
lui montaient aux joues et elle souffrait si cruellement qu'elle n'avait plus la force de lever les bras...
Et toujours, là-bas, dans la salle, le rire insolent
de Pascaline retentissait et lui perçait le cœur.

Ils sortirent enfin. Elle les aperçut qui descen-
daient lentement les degrés verdâtres du perron
bordé de lauriers-tins. — Tête nue, ses magnifiques cheveux noirs moutonnant librement
sur ses épaules, la comédienne donnait le bras à
Jean Trémereuc et de sa main restée libre, agitait au-dessus de sa figure rieuse un grand éven-

tail dont elle se servait comme d'un parasol. — Marie-Ange, cachée derrière les noisetiers, les épia sans se montrer. Ils traversèrent le verger, parlant à haute voix, puis s'enfoncèrent sous la châtaigneraie. Il sembla même à la servante que Pascaline prononçait son nom entre deux éclats de rire. Alors elle n'y tint plus, la rage la prit, et défaisant ses souliers, marchant avec précaution, sans bruit, comme un chat, elle se glissa derrière eux, sous les branches.

Quand elle les rejoignit, ils avaient atteint les roches qui bordaient la rive de l'étang. La voix mordante de Pascaline arrivait très distinctement jusqu'à elle. Ils s'étaient assis sur une haute pierre surplombante, et Jean très échauffé essayait d'enlacer la taille de la comédienne. Celle-ci le calmait en lui donnant sur les doigts de petits coups d'éventail.

« Mon cher ami, s'écriait-elle, vous êtes comme tous les poètes, vous ne pensez pas le quart de ce que vous dites en beaux vers.

« Pascaline, je vous jure que je n'ai jamais aimé que vous !... Oui, depuis le jour où je vous ai vue pour la première fois aux répétitions, dans votre robe de velours gris...

— Et depuis? vous voulez me persuader que vous n'avez brûlé d'amour que pour moi?

— Mon Dieu, oui...

— Aucune femme n'a fait battre à votre cœur le grand tictac de la passion?

— Aucune.

— Allons donc!... Et cette fille aux yeux bleus qui vous sert de gouvernante?... Vous avez le front de me soutenir que vous ne lui avez jamais dit de très près qu'elle était jolie?

— Marie-Ange?

— Oui, cette rose de haie qui est, ma foi, fort épanouie, avouez, mauvais sujet, que vous l'avez un tantinet effeuillée!

— D'abord, je pourrais vous répondre qu'elle ne compte pas... L'amour n'a rien à voir là dedans; et puis, vrai, est-ce que vous pouvez vous comparer à une petite servante, pour laquelle on a une passade d'un jour, vous qui êtes une reine de beauté et qui avez droit à l'amour le plus ardent et le plus exclusif!... »

Derrière la roche où elle s'était tapie, Marie-Ange se mordait les lèvres et se comprinait la gorge pour ne pas crier. — Ainsi, il la reniait,

Il la mettait sous ses pieds pour complaire à cette comédienne !...

« De sorte, reprenait Pascaline, que vous m'aimez passionnément ?

— Jusqu'à en mourir.

— Je ne veux la mort de personne ; je préfère que vous viviez pour me prouver votre affection... Parlons peu et bien... Je ne suis pas une ingénue, mon cher, et j'ai été trop échaudée pour ne pas demander à l'amour autre chose que du plaisir... Vous m'êtes très sympathique, je ne vous le cache pas, mais je tiens à être aimée sérieusement.

— Qu'entendez-vous par sérieusement ?

— Mon Dieu, voilà... Par exemple, votre passion irait-elle jusqu'à m'épouser ?

— Quand vous voudrez.

— En ce cas, tope !... Vous êtes un charmant garçon et voici mes deux mains en signe d'accordailles. »

Il lui avait saisi les poignets et les couvrait de baisers. Ses lèvres enhardies allaient même plus haut, tandis que son bras enlaçait la taille de la comédienne, quand elle l'arrêta net du regard, et se dégageant :

13.

« Non, non, mon cher seigneur, murmura-t-elle... Le reste après la cérémonie ! »

Ils en étaient là, quand un petit garçon vint avertir Trémereuc que le meunier du moulin situé en contre-bas de l'étang désirait l'entretenir d'une affaire urgente. Jean s'excusa près de Pascaline : — Il n'en avait que pour cinq minutes, et il la pria de l'attendre ; — puis il descendit vers la chaussée du moulin.

Restée seule, Pascaline se leva et se tint debout au bord de la roche surplombante. Avec ses cheveux épars sur un peignoir de cachemire blanc drapé à la grecque, elle avait tout à fait grand air sur ce fond de verdure. Elle regardait au-dessous d'elle les futaies profondes, la nappe d'eau vaporeuse, les métairies ensoleillées, les vergers touffus, et elle souriait en songeant qu'avant peu elle serait la maîtresse de tout cela...

Marie-Ange, cependant, avait quitté le bloc de granit qui l'abritait, et doucement, souplement, à pas de velours, elle rampait sur la pente de la roche.

Pascaline souriait toujours en pleine lumière, et, reprise involontairement par ses habitudes théâtrales, elle secouait ses beaux cheveux noirs, y plongeait ses mains en arrondissant les bras, et pensait à l'effet qu'elle produirait sur les planches avec une pareille mise en scène...

Tout à coup, elle fut poussée violemment, le sol manqua sous ses pieds, et avant qu'elle pût jeter un cri, elle tomba la tête la première dans l'étang. — Elle se débattit d'abord désespérément dans cette onde bourbeuse, et sa tête reparut à fleur d'eau, au milieu des nénuphars dont les roses blanches semblaient s'entrelacer dans ses cheveux pour la couronner, comme une tragique Ophélie. Ses yeux, démesurément agrandis, se levèrent avec angoisse vers la berge escarpée. Pendant le long espace d'une seconde, elle put apercevoir Marie-Ange Jutel, agenouillée sur le bord de la pierre et la regardant d'un air farouchement impassible; — puis elle se tordit dans une dernière convulsion en se cramponnant aux joncs dont les tiges frêles se courbaient, et de nouveau l'eau noire recouvrit son pâle visage d'agonisante.

Marie-Ange, les dents serrées, les lèvres froides, assistait sans bouger à cette agonie. Lorsqu'elle comprit que la comédienne était noyée sans ressource, elle se rejeta brusquement en arrière ; épouvantée elle-même de ce qu'elle avait osé, elle articula un cri rauque et courut s'accroupir, ainsi qu'une bête sauvage, au plus épais de la futaie...

Et c'est ainsi que mourut Pascaline Rey, dans un beau décor et dans une belle pose, — comme au théâtre.

Saint-Enogat, septembre 1885.

L'OREILLE D'OURS

L'OREILLE D'OURS

I

JE venais d'entrer dans ma quatorzième année. On prétend que le corps de l'homme subit tous les sept ans une transformation, de même que le ver à soie change quatre fois de peau avant de filer son cocon. Pour ma part, ce que je sais bien, c'est que vers la fin de cette seconde période septen-

naire, il se produisit en moi une mue morale
bien caractérisée. Je prenais des airs sérieux ;
les joueries de mon enfance ne me satisfaisaient
plus ; même les livres d'images, qui m'avaient
tant de fois mis les yeux et l'esprit en fête, me
paraissaient monotones comme un vieux chemin
trop souvent parcouru. Je commençais ma quatrième, je traduisais les Bucoliques de Virgile, et
je m'intéressais d'une façon très particulière aux
Amarillys et aux Galathées que chantait le
poète. Entre les lignes noires de mon livre, je
voyais glisser leurs formes féminines, « plus
douces que le thym, plus blanches que les cy-
gnes. » Je devenais rêveur : certains vers me remuaient tout le corps d'un frisson mystérieux, et
me donnaient le pressentiment de je ne sais
quelles tendresses inconnues.

De mes prédilections enfantines, je n'avais
gardé qu'un goût très vif pour le logis d'une
vieille voisine, chez laquelle j'avais été élevé et
où je passais toutes mes heures de liberté. La
maison a disparu pour faire place à une bâtisse
neuve, mais je la vois encore dans ses moindres
détails. — Elle était précédée d'une de ces
vastes remises, où les vignerons de mon pays

fabriquent leur vin et qu'on nomme des *fouleries*.
Cette foulerie était plongée dans une ombre
crépusculaire d'où se détachaient de hautes
cuves sonores et de confus entassements de ton-
neaux. On montait quelques marches et on se
trouvait dans la cuisine, dont le mobilier datait
du dix-huitième siècle : rideaux à petit quadrillé
rose et blanc, bouilloires d'un jaune d'or, fontaine de cuivre rouge repoussé, cafetières ven-
trues perchées sur trois pieds recourbés, tous ces
ustensiles d'autrefois dont on voit les formes
élégantes et familières dans les tableaux de
Chardin. En contre-bas, s'ouvrait la chambre de
notre vieille voisine, meublée dans le même
goût, et dont la fenêtre prenait jour sur un
jardin aux murs tapissés d'aristoloches, aux massifs peuplés de framboisiers.

Toutes ces choses du vieux temps étaiei un
cadre fait à souhait pour la figure de mademoiselle Sophie. — Septuagénaire, mais encore
verte d'allure ; de taille moyenne, rondelette, la
joue ridée et colorée comme une reinette qui a
passé l'hiver, l'œil d'un brun vif, le nez proéminent, la lèvre charnue, le menton de galoche
encore accentué par des dents manquantes, elle

avait l'air bon et spirituel. Son bonnet lorrain,
dont les longs tuyaux entouraient d'une auréole
de tulle sa figure éveillée, laissait à découvert un
front bombé et deux doigts de cheveux blancs,
crépus, rejetés en arrière à la chinoise. Elle était
toujours proprement vêtue d'une robe de laine,
dans le corsage croisé de laquelle s'enfonçaient
les pointes d'un fichu de limon, et dont les man-
ches à gigot bouffaient autour des bras amai-
gris. Cette toilette surannée, ces meubles con-
temporains de Louis XVI, mettaient autour
d'elle une atmosphère du temps passé. Toute sa
personne répandait un parfum antique du dix-
huitième siècle, comme ces éventails de merisier
qui exhalent après de longues années la bonne
odeur du bois dans lequel leurs branches ont été
taillées. Elle ne s'était jamais mariée, et je
m'étonnais toujours qu'elle fût restée fille, tandis
que, dans sa famille, ses sœurs et ses cousines,
malgré leur humeur acariâtre et chagrine, avaient
toutes trouvé un mari.

De la chambre de mademoiselle Sophie, un
escalier conduisait au grenier, qui occupait tout
le premier étage et dont elle avait fait son frui-
tier et son garde-meuble. Ce grenier était un

véritable hospice d'invalides pour les meubles. Je l'avais choisi pour mon retrait favori ; dès mes plus jeunes années, je m'y aventurais comme Robinson dans son île, et j'y faisais toujours de nouvelles découvertes : — bouquins dépareillés, cahiers de romances copiées à la main sur du gros papier grenu et verdâtre, uniformes rongés par les mites, épées rouillées, microscopes détraqués, boîtes à musique ne disant plus que la moitié de leurs airs ; il y avait de tout dans ce fouillis.

Au fond, dans le coin le plus ténébreux, se dressait une haute armoire de noyer sculpté, dont les ferrures luisaient faiblement dans l'obscurité, et dont les panneaux ornés de figures grimaçantes avaient une physionomie étrange. Dans ma petite enfance, la voisine m'avait dit qu'il ne fallait pas rôder près de cette mystérieuse armoire parce qu'il y revenait un spectre, et cette défense, tout en m'emplissant d'une crainte respectueuse, n'avait fait qu'accroître ma curiosité. Dès que j'étais seul, je me glissais avec un léger frisson parmi les entassements de vieilleries qui aboutissaient à l'armoire, et je m'avançais bravement à la rencontre du fan-

tôme. Tout à coup un craquement funèbre partait des profondeurs du meuble, comme si le
spectre, fatigué de sa réclusion, se fût décidé à
pousser les deux battants et à apparaître en face
du curieux qui venait troubler son repos, alors je
reculais jusque dans la partie éclairée du grenier,
tremblant à la fois et fier de mon audace.

A quatorze ans, ma croyance au spectre
avait disparu, mais ma curiosité m'était restée.
Le mystère de l'armoire hermétiquement close et
visitée de loin en loin par mademoiselle Sophie,
qui y serrait son linge et ses objets les plus pré-
cieux, agitait toujours mon imagination et m'in-
triguait d'autant plus, qu'après chaque visite, la
vieille cousine descendait du grenier avec l'œil
plus humide et le front plus pensif. Un jour,
comme elle y montait, je la suivis en tapinois,
et, caché derrière un paravent troué, j'assistai à
la solennelle ouverture du meuble. Un prêtre
qui ouvre le tabernacle ou la châsse aux reliques, n'y met pas plus de recueillement et de
pieuses précautions. L'un des battants était
entre-bâillé, mais cela ne m'avançait guère, à
cause de l'obscurité qui régnait dans cette encoignure. Heureusement, un filet de soleil, filtrant

d'une chattière percée dans la toiture, tomba
soudain d'aplomb sur les panneaux, et alors,
grâce à cette traînée lumineuse, j'aperçus les
trésors de l'armoire au spectre : boîtes de mar-
queterie, scintillements de boucles et de taba-
tières ornées de cailloux du Rhin, mules de
satin à hauts talons, rubans lamés d'or et d'argent, jupes de gros de Tours et de lampas,
dont les cassures miroitaient dans l'ombre... Je
ne pus retenir un mouvement admiratif qui trahit
ma présence et qui perdit tout. Le massif battant se referma, et mademoiselle Sophie, me
prenant par l'oreille, m'intima l'ordre d'aller voir
en bas si elle y était.

Je m'éloignai, mais avec le sentiment d'une
curiosité mal satisfaite et avec le violent désir de
contempler plus à mon aise les richesses conte-
nues dans la spacieuse armoire. Cette rapide
vision à travers le battant entre-bâillé m'avait
laissé dans les yeux un chatoiement qui m'obsé-
dait. Dès que je pouvais me faufiler au grenier,
je m'approchais avec précaution de l'armoire
fermée, j'en tâtais les moulures feuillagées, je
mettais un œil au trou de la serrure, j'aspirais
par les fentes une vague senteur d'herbes aro-

matiques, dont le parfum tenace aiguisait encore
ma curiosité. J'avais eu un moment l'idée de
faire appel à la bienveillance de mademoiselle
Sophie, mais, après réflexion, je me dis qu'au
cas probable d'un refus, ma demande indiscrète
aurait pour unique résultat de me faire interdire
l'entrée du grenier.

Je résolus donc de me taire et d'attendre
qu'un hasard heureux vînt à mon aide.

Tout arrive : il semble même que les choses
qu'on désire ardemment arrivent avec plus de
docilité, comme si elles obéissaient mystérieu-
sement à une magnétique influence de la volonté
humaine. Il advint qu'un beau dimanche, où,
tapi dans un coin du grenier, je lisais sans être
vu un volume de *Gil Blas*, mademoiselle Sophie
qui était en train de ranger son armoire, fut rap-
pelée en bas par une visite, et, dans sa précipitation, oublia la clé sur la serrure. J'avais entendu les battants tourner sur leurs gonds ; la
vieille fille une fois descendue, j'aperçus l'an-
neau brillant de la clé qui scintillait dans un
rayon de soleil. Incontinent, je plantai là *Gil
Blas* et me précipitai vers l'encoignure où j'avais
tant de fois rôdé infructueusement. Enfin ! j'allais

donc me donner à loisir le spectacle de ces ra-
retés si souvent convoitées en rêve !... Je tournai
doucement la clé, je soulevai avec précaution
le battant pour l'empêcher de crier, et j'ouvris...

II

MA curiosité fut si vivement sollicitée par tant de richesses à la fois, que je me trouvai tout d'abord embarrassé de savoir par où je commencerais mon inventaire. Le temps me pressait. A toute aventure, je débutai par un coffret à incrustations de cuivre et d'écaille, posé à portée de ma main, et dont la poignée d'acier ciselé avait attiré mon regard.

Le coffret était capitonné à l'intérieur d'une étoffe de soie rose sèche, et sur ce lit douillet reposaient seuls trois objets très divers : une miniature dans son cercle d'or, un volume in-32, relié en maroquin rouge, et une mince liasse de papiers jaunis, rattachés par une faveur d'un bleu passé.

La miniature représentait un jeune homme de

vingt-cinq ans, vêtu à la mode de la fin du siècle
dernier : habit bleu à boutons de métal et à haut
collet, col de chemise rabattu à la Colin et laissant à découvert un cou très blanc ; cheveux
bruns sans poudre, retombant en oreilles de
chien et encadrant une figure ouverte, très éveillée, aux yeux bleus bien fendus et caressants,
aux joues rosées, aux lèvres rouges et souriantes. Après avoir contemplé attentivement cette
jeune physionomie si sympathique, mes doigts
palpèrent la liasse jaunie, puis, après un moment d'hésitation, je fis glisser la faveur bleue et
j'examinai les feuillets de dimensions différentes,
tant de fois dépliés et repliés que les plis
s'étaient élimés et ajourés comme une dentelle.
La première pièce du paquet était une lettre,
dont l'écriture bâtarde, très ferme et régulière,
me frappa ; elle portait pour toute suscription
ces mots : « Pour remettre après mon départ. »
et elle était ainsi conçue :

« Ma chère et unique amie,

« Puisqu'un père cruel s'oppose à notre hymen
et me ferme la porte de sa maison, j'ai l'horrible.

courage de m'éloigner d'un objet si cher à mon
cœur, préférant ne plus vivre dans la ville où
mon amie respire, que d'y languir sans l'espoir de
la posséder. Lorsqu'une personne sûre vous re-
mettra ce billet, je serai déjà loin. En quels
lieux vous retrouverai-je, ô mon amie adorée,
ou plutôt vous reverrai-je jamais? Un pressentiment me dit que non. Maintenant qu'on m'arrache
d'auprès de vous, je n'ai plus qu'un désir, m'arracher aussi de cette vie. Dans une époque aussi
troublée que la nôtre, les occasions de mourir ne
me manqueront pas. Mais, jusqu'à la mort,
j'emporterai, ma chérie, le souvenir de cet
amour à la fois vif et tendre, respectueux et for-
tuné, toujours fidèle et toujours nouveau, de ce
véritable amour que m'inspirait et me rendait
celle que j'adore. J'emporterai dans l'éternité la
mémoire de ces doux moments où je pouvais
vous presser contre mon cœur. Ah! quels mois
divins que ceux où, pendant tout le jour, nous
jouissions du bonheur d'être ensemble! Qu'elles
étaient belles, ces journées obtenues après tant
d'orages, et que tant d'orages vont suivre! O
jardin de Rembercourt, à jamais présent à ma
pensée, tu ne me reverras plus! Je vous laisse,

ma chérie, le livre que nous y lisions ensemble,
ainsi qu'une fleur que vous y aviez cueillie pour
moi, et où je mets mon dernier baiser. Adieu,
encore une fois, ma mie et mon trésor, je
mourrai avec votre nom sur mes lèvres.

« Votre fidèle et malheureux ami,

« JOSEPH GUIOD.

« Ce 9 juin 1793. »

Au moment où j'achevais la lecture de cette
lettre si touchante, à travers la phraséologie sen-
timentale qui était fort en usage à la fin du
siècle dernier, j'entendis du bruit dans l'escalier.
Je n'eus que le temps de replacer la faveur bleue
autour des papiers, et de refermer le coffret ainsi
que l'armoire, après avoir empoché au préalable
le volume in-32 ; puis je m'esquivai comme un
voleur, ayant le cœur tout tremblant du méfait
que je venais de commettre, et la tête toute pleine
de ce que j'avais lu.

Une fois dehors, je réfléchis longuement à la
découverte que j'avais faite. La voisine ne

m'avait pas menti, et c'était bel et bien un spectre que je venais de réveiller dans l'armoire du grenier. Je me retournai plus d'une fois avec inquiétude, m'imaginant que le fantôme de Joseph Guiod me posait soudain sa main sur l'épaule. Sa jolie tête, si jeune et si éveillée, était sans cesse devant mes yeux. D'où venait ce Joseph Guiod et qu'était-il devenu ? Quelle pouvait être cette jeune fille à laquelle il adressait un adieu si tendre, et dont le nom manquait sur la suscription du billet ? Qu'était-elle devenue à son tour ? C'était tout un roman, et il me passionnait bien autrement que les amours pastorales des Galatées et des Amarillys de Virgile !... J'évoquais en pensée l'amoureuse inconnue du pauvre Joseph. Je me la peignais jeune, charmante, avec des yeux humides et tendres, des cheveux châtains noués d'un ruban et s'échappant en boucles soyeuses d'un de ces bonnets à longues barbes, comme on en voit dans les portraits de Charlotte Corday.

Je tirai de ma poche l'in-32 que j'avais dérobé et où je comptais trouver d'autres éclaircissements. C'était, je l'ai dit, un mignon volume relié en maroquin rouge et doré sur tranche. Il

contenait le tome Ier des *Lettres Persanes*, impri-
mées à Amsterdam « chez Jacques Desbordes,
1740. » Sur la feuille de garde, je lus en belle
bâtarde semblable à celle de la lettre : « *Ex libris
Joannis Josephi Guiod Bisuntini*, 1790 ; » — et
à l'endroit où pendait le signet de soie vert-
pomme, je trouvai, desséchée et noircie par le
temps, la fleurette cueillie au jardin de Rembercourt et qui avait reçu le dernier baiser de
l'amoureux.

Les feuillets du livre gardaient l'empreinte
laissée par la sève juteuse de la corolle fraîche.
Il me semblait que quelque chose de la person-
nalité de Joseph Guiod était resté dans les marques de la sève extravasée. En décollant pieuse-
ment la fleurette, je m'aperçus qu'elle était fixée
au papier par une étroite et mince étiquette
passée dans la tige, et sur laquelle Joseph lui-
même, qui devait être un botaniste, en sa qualité
de Franc-Comtois, avait écrit en caractères
menus : « *Primula auricula.* » Cela ne me disait
pas grand'chose, mais je consultai le premier
livre de botanique qui me tomba sous la main,
et j'appris le nom vulgaire de la plante. C'était
une *oreille d'ours*, fleur de la famille des prime-

14.

vères, — jadis très à la mode, mais qu'on ne
cultive plus guère aujourd'hui.

A part l'*ex libris* et ce nom de fleur, l'in-32
dont je m'étais indiscrètement emparé ne m'ap-
prenait donc rien de nouveau. Je restais dans la
situation de quelqu'un qui a lu un commencement de roman dans un volume dépareillé, et
qui ne peut plus retrouver la suite. Je n'osais
même plus rôder autour de l'armoire, afin de
profiter d'une seconde distraction de la voisine pour continuer mes investigations. Mademoiselle Sophie s'était sans doute aperçue de la
disparition du volume des *Lettres Persanes*, car
maintenant elle montait la garde au seuil du
grenier, comme le dragon fabuleux du jardin
des Hespérides. Elle était devenue préoccupée,
inquiète et défiante, et, ne me sentant pas la
conscience nette, je n'insistais plus pour grimper
au grenier, de peur que la vieille fille, dont les
soupçons flottaient encore en l'air, ne finît par
lire dans mon jeu et découvrir mon larcin.

III

U N matin du mois de mai, je me promenais avec mademoiselle Sophie dans son jardin reverdi; elle me montrait, non sans orgueil, ses tulipes et ses iris, quand j'aperçus autour d'une plate-bande une bordure de plantes modestes, aux feuilles épaisses, d'où sortait une hampe terminée par un bouquet de fleurettes d'un brun velouté, exhalant une suave odeur vanillée.

— Ce sont des oreilles d'ours, me dit mademoiselle Sophie, en s'arrêtant un moment pour les regarder d'un air attendri.

— Ah! m'écriai-je en tressaillant, des oreilles d'ours!... — Je poussai cette exclamation avec le même accent ému que dut avoir Jean-Jacques, lorsqu'il découvrit de la pervenche dans les buissons du Mont-Valérien ; puis je sentis que je me troublais, je voulus me redonner de l'assurance, et ne trouvai rien de mieux que d'ajouter d'un ton pédant et avec affectation : — *Primula auricula*...

Notre voisine se retourna tout d'une pièce, me dévisagea, et pointant vers moi un doigt accusateur : — C'est toi qui m'as pris les *Lettres Persanes!* affirma-t-elle d'un air menaçant.

J'avais un pied de rouge sur la figure. — Moi, mademoiselle ?... essayai-je de me récrier, en payant d'effronterie et en jouant l'étonnement.

— C'est toi !... ne le nie pas... Ton nez tourne !

Je baissai la tête d'une façon piteuse. Je me voyais déjà dénoncé et chassé honteusement par mademoiselle Sophie. Sans relever les yeux, je murmurai :

— Oui, mademoiselle ; — mais d'un ton si bas, si bas, que les fleurs seules devaient entendre l'aveu de mon crime.

Mademoiselle Sophie l'entendit pourtant, et, de sa même voix rude : — Va chercher le livre, poursuivit-elle, et rapporte-le-moi dans ma chambre.

J'obéis ; je me rendis à la maison et je tirai le petit volume de la cachette où je l'avais enfoui ; puis je revins chez la voisine. Quand j'entrai dans la chambre, mademoiselle Sophie était assise dans son fauteuil, et, près d'elle, sur un guéridon, j'aperçus le fameux coffret à incrustations d'écaille.

— Elle s'empara vivement du livre que je lui tendais d'un air confus, le feuilleta pour s'assurer que la fleur sèche était encore à sa place, puis assujettissant ses lunettes sur son nez d'aigle :

— Tu as lu les papiers qui sont là dedans ?

— Je n'ai lu qu'une lettre, mademoiselle.

— Et tu as regardé le portrait ?

— Ou...i.

— Tu as commis une grosse indiscrétion, et tu l'as aggravée par un vol.

— Pardon, mademoiselle Sophie ! m'écriai-je en m'agenouillant devant elle. — Je m'attendais à une violente explosion et j'essayais d'apitoyer l'irascible voisine en m'humiliant.

— Pourquoi avais-tu volé ce livre ?

— C'est que, répondis-je en balbutiant, l'histoire du jeune homme au portrait m'avait inté-

ressé, et j'espérais, je supposais que le livre m'en
apprendrait plus long.

Au lieu de l'orage de reproches dont j'attendais l'éclat en baissant le nez, je n'entendis
qu'un long soupir, et quand je relevai les yeux,
je vis que les traits de mademoiselle Sophie
s'étaient détendus ; sa physionomie avait maintenant quelque chose d'attendri et de mélancolique.

— Pauvre Joseph ! murmura-t-elle, n'est-ce
pas qu'il était beau ?

Je m'exclamai avec conviction : — Oui !...
Rien qu'à le voir on devait l'aimer... Et comme
sa lettre était touchante !... Celle à qui il écrivait l'a-t-elle revu ?

— Jamais.

— Et elle, qu'est-elle devenue ? L'avez-vous
connue, mademoiselle Sophie ?

— C'était moi, répondit-elle simplement.

En même temps une rougeur cramoisie cou-
vrit le front de notre voisine.

— Vous ? dis-je, en laissant voir dans mon
accent et dans mes yeux combien je trouvais
merveilleux que cette respectable demoiselle,
aux cheveux blancs et à la figure ridée, eût ins-

piré une passion au beau jeune homme du portrait. — Elle s'aperçut de mon irrévérencieuse
stupéfaction, mais loin de s'en offenser, elle
reprit :

— Cela t'étonne ?... A ton âge, on croit
volontiers que les vieux ont toujours été vieux...
Mais il y a eu un temps où mes cheveux étaient
bruns, où mes joues étaient roses et où j'avais
vingt ans... Oui, c'était moi, continua-t-elle en
soupirant, et tu comprends combien j'ai été na-
vrée en découvrant qu'on avait fouillé dans cette
cassette, pour y prendre un objet auquel j'atta-
che tant de prix.

Je me confondis en excuses et je demandai de
nouveau pardon.

— Va, tu es tout pardonné, dit-elle en m'in-
terrompant affectueusement... Je suis trop heureuse de pouvoir enfin causer de mon cher
Joseph avec quelqu'un qui s'est intéressé à lui.
— Elle rougissait de nouveau, comme une jeune
fille, tout en m'attirant vers elle. — Vois-tu, il
y a si longtemps que je garde toutes ces choses
au fond de moi, sans oser en parler à ceux qui
m'entourent ! Avec toi, je puis soulager mon
cœur... Tu n'es plus un enfant, te voilà grand

garçon, et tu garderas honnêtement le secret
que je te confie.

Elle m'avait fait asseoir tout près d'elle, sur un
petit tabouret. Le coffret était entre nous, et de
ma place je voyais le grand cytise du jardin
frôler les carreaux de la fenêtre de ses longues
grappes jaunes épanouies. Alors mademoiselle
Sophie, tenant toujours mes mains dans les
siennes, commença d'une voix un peu étouffée
par l'émotion :

— Mon père avait quatre enfants : un fils qui
est mort à l'armée, ma sœur Lénette, qui a
épousé le pharmacien Péchoin, une autre sœur
qui est mariée aux Anglecourts, et moi, la plus
jeune. On m'avait mise au couvent des Augus-
tines et on avait décidé que je serais religieuse.
Quant les couvents furent fermés, à la Révolu-
tion, et les religieuses relevées de leurs vœux, je
revins à la maison, ce qui ne fit nullement plaisir
à ma famille. Pendant mon noviciat, ma sœur
Lénette avait été fiancée à un jeune homme de
Besançon. Il avait été convenu entre les deux
familles qu'il viendrait passer ses fiançailles à
Juvigny, et qu'il reprendrait la charge de mon
père qui était greffier au tribunal du district.

Joseph Guiod, car c'était lui, vint chez nous en
1791. Je le vois toujours entrer dans notre salle
basse avec son bonnet de fourrure et sa redin-
gote à petit collet. On l'installa au premier étage
et il prit ses repas avec nous. Mais il arriva une
chose qu'on n'avait pas prévue. Joseph qui ne connaissait ma sœur Lénette que par correspondance,
ne se sentit aucun goût pour elle, et par contre,
une secrète sympathie s'établit entre lui et moi,
dès les premiers jours. Lénette a toujours été
positive et très prosaïque; moi, j'étais expansive
et même un peu exaltée. Joseph et moi, nous
lisions ensemble; nous herborisions dans les bois
de Rembercourt, voisins d'une ferme que possédait mon père. Joseph était très versé dans les
sciences naturelles, et, tout en m'enseignant la
botanique, il finit par s'apercevoir qu'il m'aimait
et que je l'aimais. Nous nous le dîmes dans cette
ferme de Rembercourt, un matin où les orcilles
d'ours commençaient à fleurir dans les plates-
bandes, et nous résolûmes de garder le secret de
notre mutuelle affection, jusqu'au jour où j'aurais atteint mes vingt et un ans. Mais il se dégage
d'un amour caché une subtile odeur qui le
trahit. Ma sœur Lénette fut la première à s'en

15

apercevoir. Froissée dans sa vanité, furieuse d'avoir été dédaignée, elle nous dénonça à mon père qui n'était pas tendre. Il y eut un éclat; quand Joseph vint tout avouer et demander ma main, mes parents le congédièrent durement, en lui défendant de remettre les pieds à la maison. J'eus beau pleurer et supplier, rien n'attendrit mon père, qui était monté secrètement contre moi par Lénette, et Joseph désespéré s'éloigna après m'avoir écrit la lettre que tu as lue.

Mademoiselle Sophie resta un moment silencieuse, tenant dans ses mains tremblantes le volume des *Lettres Persanes*, ouvert à l'endroit où l'oreille d'ours avait été posée.

— Il avait juré de ne pas survivre au désastre de notre amour, et il a tenu parole. Il était ardent royaliste et entretenait des relations avec des agents du comte d'Artois. En octobre 1793, il fut arrêté au moment où il franchissait la frontière suisse, ramené à Paris et traduit devant le tribunal révolutionnaire. J'appris sa mort par une gazette que Lénette laissa traîner avec intention dans ma chambre...

Mademoiselle Sophie avait rouvert le coffret; elle détacha la faveur bleue et me tendit deux papiers qui accompagnaient la lettre que j'avais seule lue : le premier était l'extrait d'un arrêté du Comité de Salut public, en date du 10 brumaire an II, qui renvoyait devant le tribunal de Paris le nommé Jean-Joseph Guiod, âgé de vingt-cinq ans, accusé d'avoir eu des relations avec les frères du ci-devant roi, et d'avoir tenté de faire passer à l'étranger des espèces monnayées d'or et d'argent; — le second était un fragment de journal du 20 brumaire, contenant la liste des personnes exécutées la veille, et, à côté du nom de la citoyenne Roland, j'y lus celui de Joseph Guiod.

— Voilà ce qui me restait de lui, dit notre voisine en essuyant ses yeux et en renouant avec peine la faveur bleue autour des papiers jaunis. Je déposai tout dans cette cassette et j'y enfermai aussi mon cœur. Depuis cette horrible date de brumaire an II, je ne vécus plus qu'avec mes souvenirs; je ne parlai à personne de ce que ma sœur Lénette appelait charitablement « mes scandaleux écarts de conduite. » Plus tard, quand mes sœurs furent établies, on voulut me marier à mon tour, mais je refusai net. Je m'étais juré de demeurer fidèle à Joseph et je me suis tenu

parole... Je suis restée vieille fille, et quand je
regarde le portrait de celui qui est mort en m'ai-
mant, il me semble que je vois ses lèvres remuer
pour me dire que j'ai bien fait.

— Je vous adore, mademoiselle Sophie,
m'écriai-je avec enthousiasme, je vous aime de
tout mon cœur... En même temps, je m'élançai
vers elle et je me jetai à son cou.

— Tu es un bon enfant, petit! me dit-elle en
me rendant mes caresses, reviens me voir souvent... nous parlerons de lui.

Je la visitai souvent, en effet, et souvent l'histoire de son amour pour Joseph Guiod revint
dans nos entretiens. Elle avait gardé le souvenir
de ce temps-là jusque dans ses plus petits détails,
et sa conversation faisait revivre toute une
époque oubliée. Pour la vieille voisine, c'était
comme une refloraison de jeunesse; pour moi,
c'était une évocation d'un monde évanoui. Cette
passion, âgée de plus d'un demi-siècle, mettait
autour de nous une atmosphère de tendresse et
de renouveau ; l'antique parfum des fleurs
d'oreilles d'ours m'embaumait le cœur, et dans
ma jeune imagination de collégien, je sentais,
sous cette chaude influence, germer en moi les

premières semences de l'herbe d'amour. Deux ans plus tard, comme je rentrais d'une excursion faite pendant la semaine de Pâques, on me pria de passer chez mademoiselle Sophie, qui était tombée malade et qui voulait me parler. Elle avait attrapé dans les courants d'air de son grenier une fluxion de poitrine qui, à son âge, menaçait d'avoir un dénouement funeste. Je la trouvai étendue sur son lit de bois peint. Elle était toute haletante et déjà très faible. — C'est toi, petit, murmura-t-elle d'une voix essoufflée quand nous fûmes seuls ; tu arrives à propos, car je n'en ai plus pour longtemps... Je sens que c'est fini... Écoute bien... Après ma mort, mes collatéraux viendront fouiller dans mes affaires, et je ne veux pas que mes reliques tombent entre les mains de ma sœur Lénette. Ce serait un sacrilège.

Elle s'arrêta pour reprendre son souffle, et tira de dessous ses couvertures le coffret à incrustations : — Je te le lègue, reprit-elle, garde-le en souvenir de moi. Ouvre-le de temps en temps, pense à Joseph, et aussi à la vieille Sophie qui l'a bien aimé et qui mourra avec son nom sur les lèvres... Adieu, petit, prends garde au couvercle qui n'est pas très solide, et cache bien tout cela sous ta lévite!... Maintenant sauve-toi, ma sœur Lénette va venir...

Je la quittai très ému, et je serrai la cassette dans mon pupitre. Deux jours après, mademoiselle Sophie était morte.

Bien des années ont passé depuis lors, mais j'ai précieusement conservé la cassette. Le portrait de Joseph Guiod sourit toujours dans son cercle d'or; sa lettre me remue chaque fois que je la relis, et, dans le vieux volume des *Lettres Persanes*, l'oreille d'ours noircie me parle toujours des printemps lointains où fleurissait le fidèle amour de Sophie.

LA

SAINT-NICOLAS

vert, son papier de tenture et ses fauteuils de
drap du même ton, ses cartonniers et sa bibliothèque d'acajou. Le parquet soigneusement ciré
reflète comme un miroir la froide symétrie de
ce mobilier administratif, et la glace de la cheminée renvoie avec la même correcte fidélité
l'image d'une pendule-borne de marbre noir,
accostée de deux lampes de bronze et de deux
flambeaux dorés. Tournant le dos à la cheminée,
le sous-directeur, Hubert Boinville, travaille pen-
ché sur le large bureau d'acajou encombré de
dossiers. Il relève sa figure grave et mélancolique,
encadrée d'une barbe brune où brillent çà et là
quelques fils gris, et ses yeux noirs aux paupières
fatiguées laissent tomber un regard sur la carte
que lui tend le digne et solemnel huissier. Sur
ce petit carré de bristol, il y a écrit à la main,
d'une écriture vieillotte et tremblée: « Veuve
Blouet. » Le nom ne lui apprend rien, et, tout
en rejetant la carte au milieu des dossiers, il a
un geste d'impatience.

— C'est une vieille dame, ajoute l'huissier,
faut-il la renvoyer?

— Faites-la entrer, répond le sous-directeur
d'un ton résigné.

Le garçon de bureau se redresse dans son habit à boutons de métal, disparaît, puis, au bout d'un instant, introduit la solliciteuse qui, dès le seuil, ébauche une antique révérence.

Hubert Boinville se soulève à demi et d'un signe froidement poli indique à la visiteuse un fauteuil où elle s'assied après avoir renouvelé sa révérence.

C'est une petite vieille aux pauvres vêtements noirs. La robe de mérinos a plus d'une reprise; elle est fripée et d'un ton verdâtre. Un voile de crêpe défraîchi, qui a déjà dû servir pour plus d'un deuil, pend misérablement de chaque côté du chapeau démodé et laisse voir, sous un tour de faux cheveux châtains, une figure rondelette, toute ridée, avec de petits yeux vifs et une petite bouche dont les lèvres rentrées trahissent l'absence des dents.

— Monsieur, commence-t-elle d'une voix un peu essoufflée, je suis fille, veuve et sœur d'employés qui ont fourni de bons et loyaux services, et j'ai adressé une demande de secours à la Direction générale... Je désirerais savoir si je puis espérer quelque chose.

Le sous-directeur a écouté ce début sans sour-

ciller. Il a entendu tant de suppliques analo-
gues !

— Avez-vous déjà été secourue, madame?
demande-t-il flegmatiquement.

— Non, monsieur, jusqu'à présent j'avais pu
vivre sans tendre la main... J'ai une petite pension et...

— Ah! interrompt-il sèchement, dans ce cas
je crains bien que nous ne puissions rien pour
vous... Nous avons à soulager beaucoup de personnes malheureuses qui n'ont pas même cette
ressource d'une pension.

— Attendez, monsieur! s'écrie-t-elle désespérément, je n'ai pas tout dit... J'avais trois garçons, ils sont morts; le dernier donnait des
leçons de mathématiques... L'autre hiver, en
allant du Panthéon au collège Chaptal, par une
pluie battante, il a attrapé un mauvais rhume
qui a tourné en fluxion de poitrine et qui l'a emmené en quinze jours... Ses leçons nous faisaient
vivre, moi et son enfant, car il m'a laissé une
petite-fille. Les frais de maladie et les frais mor-
tuaires m'ont mise à sec. J'ai engagé mon titre
de pension pour payer des dettes criardes... Me
voilà seule au monde avec la petiote, sans un

pauvre sou, et j'ai quatre-vingt-deux ans... C'est un grand âge, n'est-ce pas donc?

Sous leurs paupières ridées, les yeux de la vieille solliciteuse sont devenus humides. Le sous-directeur l'a écoutée plus attentivement. Les intonations un peu chantantes et certaines locutions provinciales de la vieille dame résonnent à son oreille comme une musique déjà entendue et jadis familière. Ces façons de parler ont un goût de terroir qu'il croit reconnaître et qui lui cause une sensation singulière. Il sonne, demande le dossier de « la veuve Blouet, » et quand le solennel garçon de bureau pose, d'un air important, la mince chemise jaune sur la table, Hubert Boinville compulse les pièces avec un intérêt visible.

— Vous êtes Lorraine, madame, reprend-il en montrant à la veuve une figure moins fermée, où court un faible sourire. Je m'en étais douté à votre accent.

— Oui, monsieur, je suis de l'Argonne... Comment, vous avez reconnu mon accent? Je croyais bien l'avoir perdu après avoir si long-temps *valté* aux quatre coins de la France, comme un *camp-volant*.

Le sous-directeur regarde avec une compassion croissante cette pauvre veuve d'employé qu'un coup de vent a arraché à sa forêt natale, et jeté dans Paris comme une feuille sèche, après l'avoir longuement roulée par les chemins arides de la vie bureaucratique. Il sent peu à peu s'amollir son cœur de fonctionnaire et répond en souriant de nouveau :

— Moi aussi je suis de l'Argonne, et j'ai vécu longtemps près de votre village, à Clermont... Allons, madame, ayez bon courage... J'espère que nous obtiendrons le secours que vous désirez... Vous avez donné votre adresse ?

— Oui, monsieur, rue de la Santé, 12, près du couvent des Capucins... Bien des mercis ; je m'en vais contente de vos bonnes paroles ; et contente aussi d'avoir retrouvé un pays...

Et la vieille dame se retire après s'être confondue en révérences.

Dès que Mᵐᵉ Blouet a disparu, le sous-directeur se lève et va appuyer son front à la vitre de l'une des fenêtres qui donnent sur les jardins de l'hôtel. Mais ce ne sont pas les cimes des marronniers à demi-effeuillés qu'il contemple ; son regard, devenu rêveur, s'en va plus loin... Très loin, là-bas, vers l'Est, au delà des pleines et des collines crayeuses de la Champagne, jusqu'à une vallée adossée à une grande forêt, avec une modeste rivière qui roule son eau jaune entre des files de peupliers, au pied d'une vieille petite ville aux toits de tuiles brunes...

C'est là qu'il a vécu enfant, c'est là qu'il revenait chaque année aux vacances. Son père, greffier de la justice de paix, y menait la vie étroite et serrée des petits bourgeois sans fortune. Élevé à la dure, accoutumé de bonne heure au devoir strict et au travail acharné, Hubert a quitté le pays à vingt ans et n'y est plus guère retourné que pour suivre le convoi de son père. Doué d'une intelligence supérieure et d'une volonté de fer, enragé travailleur, il a monté rapidement les degrés de l'échelle administrative. Être sous-directeur à trente-huit ans, cela passe dans le monde des bureaux pour un avancement exceptionnel. Austère, ponctuel, réservé et poli, à cheval sur les règlements, il arrive au ministère à dix heures, n'en sort qu'à six et emporte du travail chez lui. D'une nature peu expansive bien que sensible au fond, il passe pour être très *boutonné*. Il va peu dans le monde et sa vie a

été tellement prise par le travail qu'il n'a jamais
eu le temps de songer au mariage. Son cœur a
pourtant parlé une fois, dans l'Argonne, alors
qu'il avait vingt ans, mais comme il n'était qu'un
mince surnuméraire sans fortune, la fille qu'il
aimait l'a dédaigné, et s'est mariée richement
avec un gros marchand de bois. Cette première
déception a laissé à Boinville une arrière-amer-
tume que ses succès administratifs n'ont jamais
complètement corrigée. Son esprit est resté
teinté de mélancolie, et, ce soir, après avoir
entendu cette vieille femme lui parler de sa détresse avec cet accent du terroir qu'on n'oublie
jamais, il s'est senti envahi d'une tristesse rétros-
pective.

Le front posé contre la vitre, il remue comme
un amas de feuilles mortes les lointains souvenirs de jeunesse, ensevelis profondément dans sa
mémoire, et le parfum des saisons passées au
pays natal lui remonte doucement au cerveau.

Il revient à son fauteuil, et prenant le dossier
Blouet, il l'annote au crayon de cette mention
marginale : « Situation digne d'intérêt — accorder » — puis il sonne le garçon et renvoie le dossier au sous-chef chargé des secours.

II

E jour où le secours fut accordé officiellement, Hubert Boinville quitta son bureau un peu plus tôt que d'habitude. L'idée lui était venue d'aller annoncer lui-même la bonne nouvelle à sa vieille payse.

Trois cents francs, c'était une goutte d'eau à peine, tombant du réservoir de l'énorme budget ministériel, mais dans le budget de la veuve cette goutte devait se changer en une rosée bienfaisante. Encore qu'on fût au commencement de décembre, le temps était doux, et Boinville fit à pied le long trajet qui le séparait de la rue de la Santé. Quand il arriva à destination, la nuit commençait à enténébrer ce quartier désert. A la lueur d'un bec de gaz placé près du couvent des Capucins, il aperçut le n° 12, au-des-

sus d'une porte bâtarde percée dans un long
mur de moellons. Il n'eut qu'à pousser cette porte
entre-bâillée et se trouva dans un vaste jardin,
où l'on distinguait, dans l'ombre, des carrés de
légumes, des touffes de rosiers, et çà et là des
silhouettes d'arbres fruitiers. Au fond, deux ou
trois points lumineux éclairaient la façade d'un
corps de logis en équerre. Le sous-directeur se
dirigea en tâtonnant vers le rez-de-chaussée et
eut la chance de tomber sur le jardinier en personne, qui le guida vers l'escalier menant au
logement de la veuve.

Après avoir trébuché deux fois sur des marches boueuses, Boinville heurta à une porte par-
dessous laquelle filtrait une mince raie de lumière
et fut tout étonné quand, cette porte s'étant
ouverte, il vit devant lui une jeune fille d'une
vingtaine d'années qui se tenait sur le seuil,
levant sa lampe d'une main et regardant le visiteur avec des yeux surpris.

C'était une jeune personne vêtue de noir, à la
physionomie vive et avenante. La lumière tombant de haut éclairait à point ses cheveux châtains frisottants, ses joues rondes à fossettes, sa
bouche souriante et ses yeux bleus limpides.

— Ne me suis-je pas trompé? murmura Boinville, est-ce bien ici que demeure Mme Blouet?

— Oui, monsieur, donnez-vous la peine
d'entrer... Grand'mère, c'est un monsieur qui te
demande.

— Je viens! répondit une voix grêle qui sortait d'un pièce contiguë; — et une minute
après, la vieille dame arrivait en trottinant, avec
son tour de travers sous son bonnet noir, et
achevant de dénouer les cordons d'un tablier de
toile bleue.

— Sainte mère de Dieu! s'écria-t-elle ébaubie
en reconnaissant le sous-directeur, comment,
c'est vous, monsieur?... Faites bien excuse, je
ne m'attendais guère à l'honneur de vous voir...
Claudette, offre donc le fauteuil à monsieur le
sous-directeur... C'est ma petite-fille, monsieur,
tout ce qui me reste au monde.

Hubert Boinville s'était assis dans un antique
fauteuil de velours d'Utrecht, et d'un rapide
coup d'œil il avait examiné la pièce qui paraissait servir à la fois de salon et de salle à manger.

— Peu de meubles, un petit poêle de faïence
blanche à dessus de marbre rouge; à côté, une
spacieuse armoire de village en chêne; au mi-

lieu, une table ronde recouverte de toile cirée ;
des chaises de paille, et au mur deux vieilles
lithographies coloriées de Boilly ; le tout très
propre et avec un bon petit air campagnard.

Il expliqua brièvement l'objet de sa visite.

— Ah ! mon brave monsieur, bien des mercis ! s'exclama la veuve... On a raison de dire :
un bonheur n'arrive jamais seul... Figurez-vous
que la petiote a passé ses examens pour entrer
dans les Télégraphes, et, en attendant d'être
placée, elle fait par ci par là des enluminures...
Aujourd'hui, elle a été payée d'une grosse commande d'images, et alors nous avons décidé que
nous fêterions ce soir la Saint-Nicolas, comme
au bon vieux temps... Vous vous souvenez ?

— Mais, grand'mère, interrompit la jeune fille
en riant, monsieur ne sait pas ce que c'est que
la Saint-Nicolas .. à Paris, on ne fête pas ce
saint-là !

— Si fait, monsieur sait parfaitement ce que
je veux dire — Il est du pays, Claudette, il est
de Clermont.

— La Saint-Nicolas ! reprit le sous-directeur
dont la figure triste s'épanouit, je crois bien !...
C'est aujourd'hui en effet le six décembre...

Cette date avait allumé toute une flambée de souvenirs d'enfance qui éclairaient joyeusement son cerveau. A cette clarté, il revit la vaste cheminée paternelle, égayée par les apprêts de la fête patronale ; il entendit la musique sautillante des violons, allant par les rues chercher les filles pour le bal annuel ; et il se rappela ses émotions du lendemain, quand il courait pieds nus pour tâter dans l'âtre ses sabots pleins de joujoux que saint Nicolas, sur son âne, avait apporté nuitamment par la cheminée.

— Donc, ce soir, continua avec volubilité la grand'mère, nous avons résolu de ne manger rien que des plats du pays. Le jardinier d'en bas nous a donné, en choux, navets et pommes de terre, de quoi faire une bonne *potée* ; j'ai acheté un saucisson de Lorraine, et quand vous êtes entré j'étais en train de préparer un *tôt-fait*.

— Oh ! un *tôt-fait!* s'écria Boinville devenu plus expansif, voilà bien vingt ans que je n'ai entendu prononcer le nom de ce gâteau d'œufs, de lait et de farine, et plus longtemps encore que je n'y ai goûté...

Ses traits s'étaient animés et la jeune fille, qui

l'observait à la dérobée, crut voir passer une lueur gourmande dans ses yeux bruns.

Tandis qu'il souriait, pensif, au souvenir de ce mets du pays, la grand'mère et Claudette s'étaient retirées un peu à l'écart et paraissaient discuter avec vivacité une grave question.

— Non, grand'mère, chuchotait la jeune fille, ce serait indiscret.

— Pourquoi donc? murmura. la veuve, je suis sûre que cela lui ferait plaisir.

Et comme il les regardait, intrigué, la grand'-mère revint vers lui :

— Monsieur, commença-t-elle, vous avez déjà été bien bon pour nous et si ce n'était pas abuser, j'aurais encore une faveur à vous demander... Il est tard et vous avez un bon bout de chemin à faire pour aller retrouver votre dîner... Vous nous rendriez bien heureuses si vous vouliez goûter de notre *tôt-fait*... N'est-ce pas, Claudette!

— Oui, grand'mère, seulement monsieur dînera mal, et d'ailleurs il est sans doute attendu chez lui.

— Non, personne ne m'attend, répondit Boinville en songeant au restaurant où d'habitude il dînait solitairement et maussadement, je suis libre, mais...

Il hésitait encore, tout en regardant les yeux rieurs et printaniers de Claudette ; puis, tout à coup, il s'écria avec une rondeur dont il n'était pas coutumier :

— Eh bien ! j'accepte sans façon et avec plaisir !

— A la bonne heure ! fit la vieille dame toute ragaillardie... Claudette, qu'est-ce que je te disais ?... Mets vivement le couvert, puis tu iras chercher du vin, tandis que je retournerai à mon *tôt-fait*...

Claudette, vive comme un lézard, avait ouvert la grande armoire. Elle en tira une nappe à liteaux rouges, puis des serviettes. En un clin d'œil la table fut dressée. La jeune fille alluma un bougeoir et descendit, tandis que la veuve, assise avec des châtaignes dans son giron, les fendait lentement et les étalait sur le marbre du poêle.

— N'est-ce pas que la petite est preste et gaie ? disait-elle au sous-directeur... C'est ma consolation... Elle réjouit ma vieillesse comme une fauvette sur un vieux toit... — Et elle re-

prenait en secouant ses châtaignes : — Ce sera
un maigre souper, mais un souper offert de bon
cœur, et puis ça vous rappellera le pays,
nomme ? (n'est-ce pas ?)

Claudette était remontée, rouge et un peu
essoufflée ; la bonne dame apporta la *potée*
fumante et embaumée et on se mit à table.

Entre cette brave octogénaire tout heureuse,
et cette jeune fille si rieuse et si naturelle ; devant cette nappe qui fleurait l'iris, dans ce milieu
quasi-campagnard, qui lui reparlait des choses
du passé, Hubert Boinville fit honneur à la
potée. Il se dégelait peu à peu et causait familièrement, s'amusant aux saillies de Claudette et
riant d'un bon rire enfantin aux mots patois dont
la grand'mère émaillait ses phrases. De temps
en temps, la veuve se levait et allait à la cuisine
surveiller son entremets. Enfin elle reparut,
triomphante, tenant la *cocotte* de fonte, d'où
s'élevait le *tôt-fait* avec des boursouflures brunes
et dorées et une appétissante odeur de fleur
d'oranger. Après, vinrent les châtaignes grillées
au four et encore toutes craquantes dans leur
écorce fendillée et rissolée. La vieille dame tira
du fond de l'armoire une bouteille de *fignolette*,

cette liqueur du pays fabriquée avec de l'eau-de-vie et du vin doux; puis, tandis que Claudette desservait, elle prit machinalement son tricot et s'assit près du poêle, tout en jasant; mais, sous l'influence d'une chaleur douce, jointe à l'action de la *fignolette*, elle ne tarda pas à s'assoupir. Claudette avait posé la lampe au milieu de la table; Hubert et la jeune fille se trouvaient ainsi presque en tête-à-tête, et Claudette, naturellement gaie et enjouée, défrayait quasiment à elle seule la conversation.

Elle aussi avait passé son enfance à Argonne, près d'une vieille tante, et elle rappelait à Boinville de menus détails locaux dont la précision le remettait insensiblement dans le milieu provincial d'autrefois. — Comme il faisait très chaud dans la chambre, Claudette avait entr'ouvert la croisée, et il arrivait des bouffées d'air frais, imprégnées de l'odeur maraîchère du jardin d'en bas, où l'on entendait le glou-glou d'une fontaine s'égouttant dans une auge de pierre, tandis qu'au loin une cloche de couvent sonnait lentement l'*Angelus*.

Hubert Boinville eut tout à coup une hallucination. La *fignolette* lorraine et les yeux clairs de

16

cette jolie fille qui évoquait pour lui les paysages
forestiers de sa petite ville, y étaient pour beaucoup. Il lui sembla qu'il avait reculé de vingt
ans en arrière, et qu'il était transporté dans quelque rustique logis de sa province natale. Ce
vent dans les arbres, ce frais murmure d'eau
vive, c'était la voix caressante de l'Aire et le
frisson des futaies de l'Argonne ; cette cloche qui
chantait là-bas, c'était celle de l'église paroissiale
du bourg fêtant la veillée de Saint-Nicolas... Sa
jeunesse ensevelie pendant vingt ans sous les
paperasses administratives, sa jeunesse revivait
dans toute sa verdeur, et devant lui les yeux
bleus de Claudette riaient si ingénument, avec
un éclat d'avril en fleur, que son cœur engourdi
se réveillait et battait un plaisant tic-tac dans sa
poitrine...

La vieille dame s'était réveillée en sursaut et
balbutiait des paroles d'excuse. Hubert Boinville
se leva ; il était temps de prendre congé. Après
avoir chaudement remercié Madame Blouet et
avoir promis de revenir, il tendit la main à
Claudette. Leurs regards se rencontrèrent un
moment et ceux du sous-directeur étaient si
brillants, que les paupières de la jeune fille

s'abaissèrent vivement sur ses rieuses prunelles azurées. Ce fut elle qui le reconduisit jusqu'au bas, et quand ils furent sur le seuil, il lui serra encore une fois la main sans trouver rien à lui dire...

Et cependant il avait le cœur plein, le sous-directeur, et quand il se retrouva seul dans le désert ténébreux de la rue de la Santé, il lui sembla qu'il entendait chanter dans le ciel tous les violons de la Saint-Nicolas.

III

UBERT BOINVILLE donnait de nouveau, comme on dit en style de
bureaucratie, « une impulsion active
et éclairée au service. » La machine administrative avait recommencé à amonceler sur sa table
la monture quotidienne des rapports *petit ordre*
et des rapports *grand ordre*, des lettres au ministre et des projets d'arrêtés. Les séances du
Conseil, les audiences et les commissions ne lui
avaient pas laissé une heure pour aller rue de la
Santé. Pourtant le souvenir de la soirée de Saint-
Nicolas lui revenait souvent au milieu de son
travail. A plusieurs reprises, il avait été distrait
de la lecture d'un dossier par l'image rayon-
nante des beaux yeux de Claudette. Cette apparition voltigeait sur les paperasses comme un

léger papillon bleu; le soir, quand le sous-directeur rentrait dans son morne appartement de
garçon, elle l'accompagnait et semblait le regarder railleusement, tandis qu'il tisonnait son feu
qui brûlait mal. Alors il songeait à ce bon dîner
dans la petite chambre campagnarde où le poêle
ronflait si joyeusement, à ce gai babil de jeune
fille qui avait un moment ressuscité les sensations
de sa vingtième année. Dans la régulière mo-
notonie de vie affairée, où les intimités féminines
tenaient si peu de place, la soirée de la rue de la
Santé tranchait comme une éclaircie ensoleillée
au milieu d'une plaine brumeuse. Parfois, il regardait mélancoliquement dans la glace sa barbe
déjà grisonnante; il pensait à sa jeunesse sans
amour, à sa maturité commençante, et il se
disait comme le bonhomme La Fontaine : « Ai-
je passé le temps d'aimer? » Alors, il était pris
d'une nostalgie de tendresse qui lui mettait l'esprit en désarroi, et il regrettait de ne s'être point
marié.

Un jour, par une sombre après-midi de la fin
de décembre, le solennel garçon de bureau
entr'ouvrit discrètement la porte du cabinet et
annonça :

— Madame veuve Blouet.

Boinville se leva avec empressement pour recevoir la visiteuse. Après qu'il l'eut fait asseoir, il lui demanda en rougissant des nouvelles de sa petite-fille.

— Merci, monsieur, répondit-elle, la petite va bien, votre visite lui a porté chance... Elle sollicitait depuis longtemps une place dans les Télégraphes... Elle a reçu hier sa nomination et je n'ai pas voulu quitter Paris sans prendre congé de vous et vous témoigner toute notre reconnaissance.

La poitrine de Boinville se serra. — Vous quittez Paris? demanda-t-il, ce poste est donc en province?

— Oui, dans les Vosges... Et naturellement j'accompagne Claudette... J'ai quatre-vingt-deux ans, mon cher monsieur; je n'ai plus grand temps à passer dans ce monde et nous ne voulons pas nous séparer.

— Vous partez bientôt?

— Dans la première semaine de janvier... Adieu, monsieur, vous avez été très bon pour nous, et Claudette m'a bien recommandé de vous remercier en son nom...

Le sous-directeur, interdit et absorbé, ne répondait guère que par des monosyllabes. Quand la vieille dame fut sortie, il resta long-temps accoudé sur son bureau, la tête dans ses mains. Cette nuit-là, il dormit mal, et, le lende-main, il fut de très maussade humeur avec ses employés. Il ne tenait pas en place. Dès trois heures, il brossa son chapeau, quitta le ministère et sauta dans une voiture qui passait.

Une demi-heure après, il traversait tout fris-sonnant le jardin maraîcher du n° 12 de la rue de la Santé et il sonnait à la porte de Mme Blouet.

Ce fut Claudette qui vint lui ouvrir. A l'as-pect du sous-directeur, elle tressaillit, puis devint toute rouge, tandis qu'un sourire passait dans ses yeux bleus.

— Grand'mère est sortie, dit-elle, mais elle ne tardera pas à rentrer, et elle sera si heureuse de vous voir!...

— Ce n'est pas Mme Blouet que je désirais surtout rencontrer, mais vous, mademoiselle.

— Moi? murmura-t-elle troublée.

— Oui, vous, répéta-t-il brusquement... Sa gorge se serrait, il cherchait ses mots et les trou-

vait avec peine : — Vous partez toujours au
mois de janvier?

Elle répondit par un signe de tête affirmatif.

— Ne regrettez-vous pas de quitter Paris?

— Oh! si... Cela me fait gros cœur... Mais
quoi? Cette place est pour nous une bonne fortune et grand'mère pourra au moins vivre en
paix pendant ses dernières années.

— Et si je vous donnais un moyen de rester à
Paris, tout en assurant le repos et le bien-être de
Mᵐᵉ Blouet?

— Oh! monsieur! s'exclama la jeune fille
dont le visage s'épanouit.

— C'est un moyen héroïque, reprit-il en hésitant; vous le trouverez peut-être au-dessus de
vos forces.

— Je suis courageuse... Dites seulement,
monsieur.

— Eh bien! mademoiselle... Il s'arrêta pour
reprendre sa respiration; puis, très vite, presque rudement, il ajouta : — Voulez-vous m'é-
pouser?

— Mon Dieu!... balbutia-t-elle, et l'émotion
la laissa sans voix.

Tout en exprimant une violente surprise, sa

figure n'avait rien d'effarouché. Sa poitrine était agitée, ses lèvres restaient entr'ouvertes, mais ses grands yeux bleus humides brillaient d'un éclat très doux.

Quant à Boinville, il n'osait la regarder, de peur de lire sur ses traits un refus humiliant. Pourtant, inquiet de son silence prolongé, sans relever la tête, il lui demanda : — Me trouvez-vous trop âgé? Vous semblez tout effrayée !...

— Effrayée, répondit-elle ingénument, non, mais troublée et... contente !... C'est trop beau... Je n'ose pas y croire !

— Chère enfant ! s'écria-t-il en lui prenant les mains, croyez-y et croyez surtout que le véri-table heureux, c'est moi, parce que je vous aime !

Elle restait muette, mais dans le rayonne-ment de ses yeux il y avait une telle effusion de reconnaissance et de tendresse, qu'Hubert Boin-ville ne pouvait plus s'y méprendre. Il y lut sans doute qu'elle aussi se sentait heureuse, et pour les mêmes raisons, car il l'attira plus près de lui. Elle se laissait faire et Hubert, plus hardi, ayant levé les mains de la jeune fille à la hauteur de ses lèvres, les baisait avec une vivacité toute juvénile.

— Sainte mère de Dieu! s'écria la vieille dame qui arriva sur ces entrefaites.

Ils se retournèrent, lui, un peu confus ; elle tout empourprée et radieuse.

— Madame Blouet, dit enfin gaiement Hubert Boinville, ne vous scandalisez pas ! — Le soir où j'ai dîné chez vous, saint Nicolas est descendu dans ma cheminée comme au temps où j'étais enfant, et il m'a fait cadeau d'une femme .. La voici, c'est votre petite-fille... Nous nous marierons le plus tôt possible, si vous le permettez.

TABLE

TABLE

—

Achevé d'imprimer

Le trente et un mars mil huit cent quatre-vingt-six

PAR

ALPHONSE LEMERRE

25, RUE DES GRANDS-AUGUSTINS

A PARIS

3 juillet 38

www.ingramcontent.com/pod-product-compliance
Lightning Source LLC
Chambersburg PA
CBHW071905020726
47502CB00003B/911